AF210074

Die Autorin

Hannah Inmann, Jahrgang 1996, verbrachte ihre Kindheit auf dem eigenen Pferdehof in Österreich. Während ihrer Ausbildung zur Grafikdesignerin entfachte auch ihre zweite kreative Leidenschaft, das Schreiben, zum Leben. Respekt, Selbstständigkeit und Liebe sind die Vorbilder ihres Lebens, was sich auch in ihren Büchern widerspiegelt.

Hannah Inmann

Madelyn – Ritt in die Vergangenheit

Bibliografische Information der Deutschen Nationalbibliothek:
Die Deutsche Nationalbibliothek verzeichnet diese Publikation in
der Deutschen Nationalbibliografie; detaillierte bibliografische
Daten sind im Internet über dnb.dnb.de abrufbar.

Korrektorat und Lektorat: Laura Stadler
Covergestaltung: Hannah Inmann
Fotos: iStock, Freepik
Herstellung und Verlag: BoD – Books on Demand, Norderstedt

ISBN: 978-37-5688-447-6

Für alle, die keine Angst haben,
sich ihrer Vergangenheit zu stellen.

Und ganz besonders für alle,
die Angst haben und es trotzdem tun.

Kapitel 1

Madelyn

Als sie den Hörer wieder zurücklegte, wurde alles um sie herum still. Ihre Gedanken rauschten mit jeder Sekunde lauter in ihrem Kopf. Sie überschlugen sich förmlich, was dazu führte, dass ein unüberschaubares Chaos in ihrem Gehirn herrschte. Das Ticken der hölzernen Wanduhr drang zu ihr durch. Wie sehr hasste sie doch das Ticken, brachte es jedoch nicht übers Herz, dieses Stück Holz wegzugeben. Immerhin war es ein Geschenk ihres besten Freundes.

Nun ja, ehemals besten Freundes.

Auch das nervenaufreibende Geräusch des tropfenden Wasserhahnes, für wessen Reparatur sie bereits vor Wochen einen Installateur gerufen hatte, der allerdings nie aufgetaucht war, erschien ihr gerade unerträglich laut. Sogar das Bellen ihres Nachbarhundes Charly zerrte geradewegs an ihren Nerven, obwohl sie diesen kleinen Fellwedel eigentlich sehr gerne mochte. Offensichtlich, so gestand sie es sich selbst ein, war sie dank des eben geführten Telefonates nervös. Und mit Nervosität konnte sie so gar nicht umgehen.

Heute war es so weit, der Abreisetag war gekommen und sie war nicht mal ansatzweise darauf vorbereitet. Schon vor Wochen hatte sie per E-Mail einen genauen Ablauf erhalten, aber der heutige Tag kam dann doch schneller, als ihr lieb gewesen war. Bis vor ein paar Tagen wusste sie selbst den genauen Zeitpunkt ihrer Abreise noch nicht.

Sicherheitsmaßnahmen oder so ähnlich, hieß es.

Sie konnte nur auf den Anruf warten und sich stets abfahrbereit halten.

Auf dem Weg ins Schlafzimmer betrachtete sie sich in dem großen, schmuckvoll verzierten Wandspiegel. Sie war dünn geworden. Zu dünn. Ihre dunkle Haut wirkte fahl und ihr blondes Haar fiel glanzlos und struppig über ihre Schultern herab. Ihr war, als erkenne sie sich selbst kaum wieder. In den letzten Monaten, ja sogar Jahren, hatte sie sich zurückgezogen, war nicht mehr als nötig raus an die frische Luft gegangen und hatte sich nicht mehr mit ihren Freundinnen getroffen. Sie aß nur noch ungesundes Fast-Food, da sie es leid war, für sich alleine zu kochen und verbrachte ihre Abende damit, im Fernsehen irgendwelche stupiden Serien anzuschauen und sich zu bemitleiden. Sie wunderte sich selbst, dass sie ab-, anstatt zugenommen hatte. Bei dieser falschen Ernährung und dem Mangel an Bewegung wäre das die logischere Schlussfolgerung gewesen.

Gute Veranlagung.

Vor einiger Zeit hätte sie es keinen einzigen Tag nur zuhause ausgehalten. Sie liebte es, sich draußen aufzuhalten, spazieren zu gehen, auszureiten oder sich auf ein Eis mit Freunden zu treffen. Irgendwann würde sie bestimmt auch wieder dazu in der Lage sein.

Ganz sicher.

Bis dahin störte sie sich weder an ihrem Aussehen, noch an ihren fehlenden sozialen Kontakten. Sie hatte ja wohl jedes Recht dazu, nach allem, was passiert war. So etwas konnte man eben nicht von einem Tag auf den anderen verarbeiten, redete sie sich selbst immer wieder gewissenhaft ein.

Seufzend wandte sie den Blick von ihrem Spiegelbild ab und lief weiter in Richtung ihres Kleiderschrankes. Er war nicht groß. Genau genommen bestand er nur aus ein paar schmalen Regalen hinter einem weißen Vorhang. Ihre Freundinnen hatten sich früher oft über sie lustig gemacht, denn deren Kleiderschränke waren meist üppig gefüllt, vor allem mit rüschenbesetzten Sommerkleidchen in Rosa- und Pastelltönen.

Wie sehr sie Kleider doch hasste.

In ihrem Schrank befanden sich hauptsächlich praktische Sachen. Ein paar T-Shirts in allen möglichen Farben, Shorts und Jeanshosen, die sie mit allem kombinieren konnte. Dann noch ein paar kurz- und langärmlige Leinenblusen und zwei

Baseballmützen. Das Einzige, was sie im Überfluss besaß, waren Reithosen. Die besetzten, in vielen verschiedenen Ausführungen, ein Drittel ihres gesamten Kleiderschrankes. Schließlich brauchte sie die am häufigsten. Alle anderen Klamotten waren für sie nur Mittel zum Zweck.

Für ihre Reise brauchte sie nicht viel einzupacken. Sie war kein typisches Mädchen, welches immer neue und moderne Kleidung brauchte oder sich täglich die Haare wusch und stylte, nur um bei den Freunden Eindruck zu schinden. Selbst für mehrere Wochen, welche ihr nun bevorstanden, reichten ihr ein paar ihrer Lieblingsreithosen und einige T-Shirts. Natürlich durften dünne Hemden nicht fehlen, denn in der Region rund um die Great Plains konnte die Sonne ziemlich gefährlich werden. Selbst ihre gut gebräunte Haut, welche sie ihrer Kindheit in der freien Natur zu verdanken hatte, konnte da leicht einen Sonnenbrand erhaschen. Nach nur kurzer Zeit hatten nicht nur ein paar Klamotten, sondern auch ihr Reisepass, ein Paar Turnschuhe, der alte Cowboyhut ihrer Mutter, ihr Kulturbeutel und ein bisschen Verpflegung für die nächsten paar Tage den Weg in ihre Satteltaschen gefunden. Auch einen Bikini und ein kleines Handtuch wollte sie mitnehmen, falls sich die Gelegenheit ergeben sollte, sich im Colorado River abzukühlen. In kürzester Zeit war alles bereit für ihre

Abreise und sie ließ sich ein letztes Mal für unbestimmte Zeit in ihr großes Himmelbett fallen. Der Blick zur Decke erinnerte sie schmerzhaft an ihre letzte Reise in die Rocky Mountains. Dort hing, eingerahmt in weiße und schwarze Federn, ein altes Polaroid ihrer Eltern. Sie betrachtete die kleinen Lachfalten ihrer Mutter, ihr langes blondes Haar, welches lockig bis zu ihren Hüften fiel, das markante Gesicht ihres Vaters, das unter seiner alten, abgenutzten Schildkappe zum Vorschein kam, und die verliebten Blicke, die sie sich gegenseitig zuwarfen. Den Arm um ihre Hüfte gelegt, hielt ihr Vater ihre Mutter fest, als ob er sie nie wieder loslassen wollte.

Wie würde es sein, wieder dorthin zurückzukehren, wo sich ihr Leben vor einigen Jahren so drastisch verändert hatte? Wie würde es sich anhören, den ihr seit der Kindheit vertrauten Klängen der Natur zu lauschen? Und wie würde es sich anfühlen, wildfremden Menschen ihre einstige Heimat zu zeigen? So viele Fragen in ihrem Kopf, auf die sie selbst keine Antworten hatte. Sie drehte sich auf ihrem Bett herum und schlug den Kopf in ihr Kissen.

Nachdem Major Anderson ihr am Telefon nochmals die Route genauestens erklärt und sich zum hundertsten Mal vergewissert hatte, ob sie es denn alleine schaffte oder er ihr nicht doch einen Wagen

schicken sollte, nahm sie jetzt all ihren Mut zusammen, stand vom Bett auf, zog sich ihre braunen
Reitstiefel an, nahm die fertig gepackte Satteltasche und ließ mit einem Seufzer die schwere, hölzerne Wohnungstür hinter sich ins Schloss fallen.
Sie wagte keinen letzten Blick in ihre geliebte
Wohnung, denn sie wusste nicht, für wie lange sie
nicht mehr hierherkommen würde. Würden es nur
ein paar Tage sein? Mehrere Wochen? Sie hatte die
kleine Wohnung lieb gewonnen. Sie bestand aus
nur zwei Zimmern, wovon eines ihre Küche und
gleichzeitig ihr Schlafzimmer war und das andere
ein Minibadezimmer, in welches gerade so ein
WC, ein Waschbecken und eine Dusche passten.
Ein Wohnzimmer mit einer Couch hielt sie für
überflüssig, denn Fernschauen konnte sie auch vom
Bett aus und Besuch erhielt sie ja sowieso nie. Sie
fühlte sich sehr wohl in ihren eigenen vier Wänden,
fühlte sich jedoch nie ganz zuhause.

Sie ging die Stiegen im Treppenhaus hinunter
und betrat wenige Minuten später den kleinen Stallungstrakt. Die Morgensonne bahnte sich den Weg
durch die staubige Stallgasse und hinterließ kleine
Strahlen am abgenutzten Holzboden. Hier war
Platz für vier Pferde, jedoch waren nur drei Boxen
besetzt. Dass die Wohnung direkt über dem Stall
lag, war für Maddie natürlich ideal. Wie von selbst
liefen ihre Beine zur Box ganz hinten im Eck, so

wie bereits tausende Male zuvor. Dennoch fühlte es sich heute anders an.

„Guten Morgen, mein Großer", begrüßte sie ihren treuen Gefährten und tätschelte ihm seinen schwarzen Hals. „Bist du bereit für ein neues Abenteuer?" Ihre Lippen formten ein kleines Lächeln als sie ein liebevolles Schnauben als Antwort erhielt. „Das heißt dann wohl ja."

Sie legte ihm das Halfter um, schmiegte sich kurz an seine dichte Mähne und führte ihn auf den Vorplatz wo ihr Auto mit dem Pferdeanhänger stand. Wie gewohnt verhielt sich Silas beim Verladen nicht gerade vorbildlich. Er hasste es, im Anhänger eingesperrt zu sein, und machte jedes Mal ein riesiges Drama, wenn er diesen nur sah. Madelyn wusste, dass er nur eine große Show abzog und er irgendwann genug hatte, sich unnötig aufzuspielen, und sich dann brav in den Trailer führen ließ. So auch dieses Mal. Sie kannte ihren besten Freund eben in- und auswendig. Heu, Wasser, Sattel und Zaumzeug für Silas hatte sie schon vor Tagen im Trailer verstaut und so waren sie nach nur einer halben Stunde abfahrbereit.

Die Stunden im Auto vergingen, die wunderschöne Landschaft Colorados zog an Maddie vorbei, ohne dass diese sie auch nur eines einzigen Blickes würdigte. Sie war vertraut mit jedem

Baum, jeder Flusskehre und jedem Berg, der sich entlang des Highways in den Himmel erhob. Maddie hatte während der Fahrt viel Zeit zum Nachdenken. Sie erinnerte sich an den Tag vor einigen Monaten, als sie einen überraschenden Anruf von einem gewissen Jackson Anderson, Major der U.S. Army, erhielt. Er hatte sich ihr kurz vorgestellt und sie um ein Treffen gebeten, ohne genauere Details zu nennen. Neugierig, wie Maddie war, konnte sie nicht widerstehen und ließ sich auf einen Nachmittagskaffee im nahegelegenen Café Bloom mit dem Major ein. Der Mann war nicht besonders feinfühlig und redete nicht lange um den heißen Brei herum. Er erzählte von einem kleinen Militärstützpunkt namens Camp Corall in Colorado Springs. Sie hatten von der obersten Leitung der U.S. Army den Befehl erhalten, den, nach endlos langen Verhandlungen entstandenen Friedensvertrag zwischen der U.S. Army und den Amerikanischen Ureinwohnern, in ein Fort am Rande der Rocky Mountains zu bringen. Dort sollte der endgültige Frieden mit den Indianern endlich offiziell abgeschlossen werden.

Zuerst verstand Maddie nur Bahnhof, aber nach und nach wurde ihr immer bewusster, was der Major von ihr wollte. Er hatte Maddie ausfindig gemacht, um sie zu bitten, eine Truppe seiner Männer durch das indianische Gebiet zum Fort zu geleiten, den Vertrag an den dort leitenden Major Stockins zu übergeben und ihn bei der Zeremonie mit dem Häuptling der Cheyenne, dem Anführer aller Indianerstämme, zu unterstützen.

„Warum ich?", fragte Maddie damals, nachdem sie einen großen Schluck ihres Kaffees zu sich genommen hatte.

Ein Schluck Whiskey wäre ihr in dieser Situation lieber gewesen.

Major Anderson blickte sie mit seinen undurchschaubaren Augen an. „Muss ich Ihnen das wirklich noch erklären, Miss Wilson?"

Natürlich musste er das nicht. Sie wusste, dass keiner die Gegend rund um die Great Plains und die Rocky Mountains besser kannte als sie. Abgesehen von ihrem Vater.

„Natürlich würden wir Sie angemessen dafür entlohnen", pflichtete der Major sofort bei, als er in Maddies nachdenkliches Gesicht blickte.

Diese schüttelte energisch den Kopf. „Ich brauche kein Geld von Ihnen!"

„Mir ist bewusst, Miss Wilson, dass Sie eine starke junge Frau sind, die mit beiden Beinen im Leben steht. Ich habe den weiten Weg hierher persönlich auf mich genommen und krieche hier vor Ihnen zu Kreuze mit der Bitte, uns zu helfen. Ohne Sie würden wir Wochen brauchen, um ins Fort zu gelangen. Ich gebe es ungern zu und mache mir damit auch nicht gerade Freunde in meiner Kompanie, aber was das Gebiet rund um die Great Plains angeht, ist die U.S. Army nicht besonders gut aufgestellt. Wir haben weder jemanden aus unseren Reihen, der sich dort auskennt, noch gibt es großartige Lagepläne, die uns den besten Weg ins Fort zeigen können. So gut meine Männer auch ausgebildet sind, ich denke, in diesem Fall bedarf es einer guten Führung. Außerdem denke ich, es liegt auch in Ihrem Interesse, dass der Frieden endlich gewährt ist. Darüber hinaus können Sie doch auch die Sprache der Indianer verstehen, was mit Sicherheit von großem Vorteil wäre."

"Erstens, geschätzter Major Anderson, ich denke, ich habe mein Interesse am Frieden mit den Indianern schon oft genug unter Beweis gestellt. Ohne meinen Vater und mich hätte es nicht mal eine Verhandlung gegeben! Und zweitens kann ich die Sprache der Indianer nicht nur verstehen, ich spreche sie fließend! Aber, ob Sie es glauben oder nicht, die Indianer, zumindest die meisten, sind auch Herr unserer Sprache. Fremdsprachen lernen sie in ihren Schulen genau so, wie es unsere Kinder tun! Es sollte also nur wenige Kommunikationsschwierigkeiten geben. Außerdem, es würde auch nicht schaden, wenn Ihre Männer ein paar Wörter in der Indianersprache beherrschen würden, wenn sie schon ihr Land betreten. Das zeugt von Respekt und wird dort gern gesehen", warf Maddie genervt ein.

Dass es in einer Zeit wie dieser noch immer Auseinandersetzungen zwischen den Völkern gab, war Maddie ein Rätsel. Viele hatten bereits versucht, das Land zu vereinen, jedoch blieben die meisten erfolglos. Zu wenig Vertrauen kam seitens der Indianer und zu wenig Respekt und Zeit von der U.S. Army.

Bereits vor Jahren hatte Maddie mit ihrem Vater darum gekämpft, dass sich die U.S. Army mit den Indianern zusammensetzt und gemeinsam eine Lösung gefunden wird, für eine Feindseligkeit, dessen Ursprünge bereits Jahrhunderte zurücklagen.

„Da pflichte ich Ihnen ohne Wiederrede bei." Anderson hob beschwichtigend die Hände. „Die Geschichte von Ihnen und Ihrer Familie ist mir durchaus bekannt. Vor zwei Jahren habe ich das Amt des Vorsitzenden für *diesen Fall* von meinem Vorgänger übernommen und versuche seitdem, alle Hebel in Bewegung zu setzen, damit wir endlich vorankommen. Es hat mich Monate gekostet, dass wir jetzt hier stehen und mit dem Vertrag zur Abreise bereit sind. Wir brauchen nur noch jemanden, dem wir vertrauen können, dass dieses wichtige Dokument auch bei denjenigen ankommt, für die es bestimmt ist."

Major Anderson redete noch eine gefühlte Ewigkeit weiter und erzählte Maddie von der Ausbildung seiner Männer, welche sie extra für diese Mission erhalten hatten, von dem Reitunterricht, den er seit Monaten für sie alle finanzierte und von der Bedeutung, die diese Mission für sie alle hätte. Maddie hörte gar nicht mehr richtig zu.

„Ok, ich bin dabei", unterbrach sie den Major mitten in seiner Rede, welche gerade von den Cowboyhüten handelte, welche er extra für alle anfertigen ließ.

Der Mann hatte vielleicht Nerven.

„Wie bitte?" Anderson konnte wohl seinen Ohren nicht trauen. „Sie helfen uns?"

„Ja", entgegnete Maddie mit einem inneren Augenrollen. „Ich muss jetzt los. Wir können uns in einer Woche wieder treffen und die Details besprechen."

Somit war das Gespräch für Maddie beendet. Sie war noch nie eine Frau der großen Worte gewesen und sie musste das alles erst einmal verarbeiten.

Alles was sie an Informationen brauchte, erhielt sie im Laufe der nächsten Wochen. Termine wurden vereinbart, Equipment wurde besorgt und alle bereiteten sich auf die bevorstehende Reise vor. Alle, nur nicht Maddie. Sie versuchte, alle Erledigungen auf den letzten Drücker zu verschieben und ihre Gedanken auf alles andere zu lenken, als auf

die bevorstehende Abreise. Sie war hin- und hergerissen zwischen Vorfreude auf *ihre* Heimat und
Angst, das Erlebte könnte sie schneller einholen,
als ihr lieb war.

Hier saß sie nun. In ihrem dunkelgrauen Truck,
den sie sich hart erarbeitet hatte, auf dem Weg ins
Camp Corall. Im Gepäck, nur das Wichtigste. Ihren
Silas. Als sie nach einigen Stunden Fahrt in die
Einfahrt des Camps einbog, sah sie bereits, dass ein
enormes Empfangskomitee auf sie wartete.
*Sie hasste Aufmerksamkeit. Sie wollte nicht im
Mittelpunkt stehen.*
Sie parkte ihren Truck geschickt in eine Parklü-
cke und öffnete die Fahrertür. Sofort stieß ihr die
heiße, trockene Luft entgegen und sie musste sich
ein paar Sekunden wieder zurücklehnen, damit ihr
Kreislauf durch die nicht mehr gewohnte Hitze
nicht versagte. Ein korpulenter Mann mit ausge-
prägtem Ziegenbart, in dessen T-Shirt sie drei Mal
reinpassen würde, kam sofort auf sie zu und hielt
ihr die Fahrertür auf.
Als könnte sie das nicht selbst.
Sie lächelte ihm widerwillig zu und bedankte
sich höflich. Als sie sich umblickte, sah sie in die
Gesichter derer Männer, die sie, so dachte sie sich
jedenfalls, auf dem Trip begleiten würden. Alle
starrten stur geradeaus, so wie es einem in der jah-

relangen Ausbildung bei der U.S. Army beigebracht wird. Bei keinem Einzigen konnte man irgendeine Regung im Gesicht erkennen, schon gar nicht so etwas wie ein freundliches Lächeln. Maddie war zwar sehr selbstbewusst und ließ sich nicht leicht einschüchtern, aber ein Empfang aus geschätzten 50 Männern, die sie alle aus den Augenwinkeln von oben bis unten musterten, war dann doch etwas viel. Ihre Wangen begannen, rot zu glühen. Froh darüber, das bekannte Gesicht von Major Anderson unter all den anderen zu erkennen, ging sie langsam auf ihn zu. Lächelnd reichte er ihr die Hand, platzierte sich mit ihr vor der Kompanie und stellte sie den Anwesenden vor. Vermutlich wussten alle bereits über sie Bescheid, denn der Major hielt sich nicht lange mit unnötigen Begrüßungsformalitäten auf. „Sie sind sicher erschöpft von der langen Reise. Sergeant Baker wird Sie zu Ihrem Zimmer begleiten und wir kümmern uns währenddessen um Ihr Pferd", begann Anderson das Gespräch mit Maddie. „Da ich meinen Posten hier leider nicht verlassen und somit auf eure Reise nicht mitkommen kann, habe ich Logan Baker als meinen Vertreter auserkoren. Er ist einer unserer besten Männer", stellte er Maddie den jungen Mann vor, der gerade aus den Reihen der Soldaten hervortrat. Wie alle anderen trug er die typische grün-melierte Uniform, polierte schwarze Lederstiefel und eine Mütze, die irgendwie von der Größe her nicht ganz zu passen schien.

„Miss Wilson, es ist schön, Sie kennenzulernen, mein Name ist Logan Baker und ich bin ab jetzt für Sie verantwortlich", sagte er, während er ihr die Hand hinstreckte. Ihr kam es vor, als hätte er diesen Satz auswendig gelernt und wie ein braves Schulkind heruntergerattert. Er zeigte keinerlei Emotionen, schaute ihr nur kurz in die Augen, während sie sich zur Begrüßung die Hände schüttelten, und wandte sich sofort wieder ab.

Na das kann ja lustig werden.

„Vielen Dank für das Angebot, Major Anderson, aber ich glaube, Sie hätten wenig Spaß daran, mein Pferd zu versorgen. Es würde Sie vermutlich in kürzester Zeit umbringen", wandte sich Maddie mit einem Augenzwinkern wieder an den Major.

Dieser blickte sie entsetzt an. „Was glauben Sie eigentlich, wer wir sind? Wir haben viel Erfahrung mit Pferden aller Art und sind stets sehr gut mit ihnen zurechtgekommen. Ihres wird da keine Ausnahme sein", entgegnete er leicht erbost.

„Dann bitte, versuchen Sie es gerne, wenn Sie mir nicht glauben." Maddie grinste kaum merkbar und trat einen Schritt zurück. Natürlich glaubte ein stattlicher Major, mit allem fertigzuwerden. Erst recht mit dem Pferd einer jungen Frau. Aber da hatte er nicht mit Silas gerechnet. Maddie wusste ganz genau, wie ihr Hengst reagieren würde, wenn ein Fremder ihn aus dem Hänger holen wollte. Jedoch konnte sie es sich nicht verkneifen, den Männern eine klitzekleine Lektion zu erteilen, um zu zeigen, dass man sie ernst zu nehmen hatte.

Sie wollten nicht hören, dann sollen sie es nur probieren.

Augenblicklich ging Anderson an die Heckklappe des Anhängers und ließ diese herunter. „Fellow, nach vorne", rief er dem Ziegenbart zu, der Maddie zuvor die Autotür aufgehalten hatte.

Dieser salutierte kurz und lief zur vorderen Klappe, um sich durch diese hindurch ins Innere zu Silas zu zwängen. Deutlich konnte man durch die inzwischen heruntergelassene Rampe sehen, dass Silas sofort nervös wurde. Er stieß unsichere Laute aus und tänzelte auf der Stelle.

Keinen Zentimeter bewegte er sich aus dem Hänger. Man musste zugeben, die beiden Männer gaben alles, um den Hengst dazu zu bringen, sich rückwärts aus dem Truck herauszubewegen. Vergebens. Auf einmal hörte man den Ziegenbart, wie er aus dem Inneren einen lauten Schrei ausstieß. „Au, dieses dumme Vieh hat mich gebissen", presste er mit schmerzverzerrtem Gesicht zwischen seinen Lippen hervor, als er wieder durch die Vorderluke heraustrat.

Durch den Schrei noch weiter aufgewühlt, begann Silas, noch unruhiger zu werden, und trat ganz plötzlich nach hinten aus. Major Anderson schaffte es gerade noch, den unbeschlagenen Hinterhufen auszuweichen. „Na warte, du Biest", begann er zornig, während er eine Reitgerte aus seinem rechten Lederstiefel zog. „Dir werde ich schon Manieren beibringen!"

Bis jetzt hatte Maddie amüsiert bei dem Schauspiel zugesehen, doch ihre Stimmung änderte sich schlagartig, als sie den Major mit der Gerte auf ihr Pferd zugehen sah.

„Stopp!"

Jemand kam ihr zuvor. Sergeant Logan Baker stellte sich dem Major in den Weg. „Ich glaube, Sie haben jetzt lange genug versucht, das arme Tier aus dem Hänger zu bekommen. Jetzt reicht es. Gewalt ist nie eine Lösung. Schon gar nicht bei Pferden oder anderen Tieren."

„Dieser Hengst ist doch lebensgefährlich. Er lässt sich nicht einmal ohne Probleme vom Truck ausladen. Ein Pferd, das beißt und tritt, muss in seine Schranken gewiesen werden!"

„Hätten Sie mal von Anfang an auf Miss Wilson gehört, hätte sich der Hengst nicht durch ein solches Verhalten aus der Situation retten müssen."

Nun wurde es Maddie zu viel und sie stellte sich zwischen die beiden Streithähne, ehe sich diese noch gegenseitig die Köpfe einschlugen. „Sie haben es versucht, Major Anderson, und jetzt gehen Sie bitte aus dem Weg und lassen Sie mich mein Pferd selbst entladen, bevor es endgültig seine Nerven im Anhänger verliert."

Nach einem kurzen Blick in Richtung Logan ging sie von hinten in den Anhänger hinein und kraulte Silas sanft an seiner Lieblingsstelle hinter den Ohren. Innerhalb weniger Augenblicke veränderte sich das Verhalten des mächtigen Tieres. Der Hengst entspannte sich und wieherte erleichtert, als er Maddie neben sich spürte.

„Nur ruhig, mein kleiner Freund", sagte Maddie zart in sein Ohr.

Anscheinend hatte es der Ziegenbart tatsächlich geschafft, Silas' Halfter vom Strick zu lösen. Also verließ Maddie den Anhänger auf dem gleichen Weg wieder, auf welchem sie auch gekommen war, ohne auch nur die geringste Angst zu haben, dass Silas nochmal austreten könnte. Als sie dann hinter dem Truck stand, stieß sie einen kurzen Pfiff aus und Silas trottete brav wie ein Lamm rückwärts aus dem Anhänger, blieb direkt bei Maddie stehen und rieb liebevoll seinen Kopf an ihren Schultern. Maddie blickte in die Runde und erntete Blicke des Erstaunens, der Bewunderung aber auch Blicke der Wut und Verachtung. Letztere kamen hauptsächlich aus den Augen des Ziegenbartes.

„Wo sind die Stallungen?", wandte sich Maddie ruhig an Major Anderson, der sie sogleich nach rechts in den Stalltrakt führte. Widerwillig, eingeschnappt vor sich hinmurmelnd und mit großem Abstand zwischen ihm und Silas begleitete er sie zu der vorbereiteten Box. Zu Maddies Erleichterung löste sich das Empfangskomitee nach und nach auf und die Soldaten verstreuten sich in alle Richtungen. Einzig der junge Logan folgte ihnen in den Stall. Nachdem Silas ausreichend versorgt war und Maddie sich nochmals bei Anderson absicherte, dass nur sie allein die Pflege von ihm übernehmen würde, ließ sie sich von Logan den Weg in ihr Zimmer zeigen.

„Danke, dass du vorhin für Silas eingesprungen bist", begann Maddie das Gespräch mit Logan.

„Das war eine Selbstverständlichkeit. Kein Tier darf je geschlagen werden. Ich wollte Ihnen nicht zu nahe treten, Miss Wilson, deshalb bin ich nicht schon früher dazwischen gegangen", entgegnete Logan kurz angebunden.

Sie bogen in das Hauptgebäude ein und standen vor einer großen, geschwungenen Treppe. Maddie warf einen schnellen Blick zu Logan. „Bitte, nenn mich doch Maddie. So alt bin ich nun auch wieder nicht." Sie hätte ein kleines Lächeln von ihm erwartet, jedoch nickte er nur wortlos.

„Über die Treppe hinauf, links und dann die zweite Tür rechts. Dort ist Ihr Zimmer. Das Badezimmer ist direkt gegenüber." Mit diesen Worten wandte er sich ab, verließ das Gebäude durch das enorme Eingangstor, durch welches sie gerade eingetreten waren, und ließ Maddie alleine im Foyer stehen.

Kapitel 2

Logan

Eigentlich hatte Logan ein gutes Verhältnis zu Major Anderson. Sie respektierten sich gegenseitig und Logan war froh, dass er das Vertrauen des Majors von Anfang an genießen konnte. Er hatte ihn bereits aus einigen misslichen Lagen gerettet und bei vielen unüberlegten Aktionen mit seinen Freunden ein Auge zugedrückt. Anderson hatte ihn und all seine Probleme kommentarlos in seiner Mannschaft aufgenommen und immer wieder betont, dass er auch für private Unterhaltungen stets ein offenes Ohr für ihn hätte. Logan hatte ihm viel zu verdanken und bemühte sich, Major Anderson nicht zu enttäuschen. Beim Anblick der Reitgerte, welche sich gegen den schwarzen Riesen richtete, verlor Logan jedoch jegliche Manier. Wie schon so oft war Geduld nicht die Stärke von Anderson und seine Handlung war mal wieder das Resultat aus Gereiztheit und Zorn. Logan konnte nicht anders, als dazwischen zugehen, bevor jemand Unschuldiges verletzt wurde. Auch wenn es sich dabei *nur* um ein Tier handelte. Eigentlich war es ihm nicht gestattet, die Taten der Majors in seinem Regiment zu hinterfragen, oder gar seine Meinung gegen ihn zu richten, doch bei Gewalt gegen Menschen oder Tiere war es mit Logans Nerven vorbei.

Als diese junge Frau dann ihr Pferd problemlos aus dem Anhänger geholt hatte, flammten in ihm gemischte Gefühle auf. Für einen kurzen Augenblick war er fasziniert, wie routiniert und liebevoll sie mit dem Hengst umging, andererseits verärgerte es ihn, dass sie meinte, sie könne die Soldaten der U.S. Army zum Narren halten.

Vor einigen Wochen, Logan und seine Truppe steckten bereits mitten in der Ausbildung für die Mission, erklärte ihnen Anderson, dass er jemanden gefunden hatte, der sie auf ihrer Reise nicht nur begleiten, sondern auch durch die unbekannte Region führen würde.

Als die jungen Soldaten erfuhren, dass es sich dabei um eine Frau handeln sollte, verfiel die Truppe in wilde Aufruhr. Nicht, dass Frauen nichts wert wären! Aber mit einer Gruppe kampferprobter Soldaten tagelang in der Wildnis – da gehörte einfach keine Frau hin, darüber waren sich Logan und seine Freunde einig.

Anderson ließ jedoch jegliche Versuche, ihn umzustimmen, und die unzähligen Bitten, Ersatz für diese Miss Wilson zu suchen, an sich abperlen. „Ich habe viel über sie und ihre Familie in Erfahrung gebracht und sie ist die beste Option, dass diese Mission glücken kann", sagte er einst nach einem Training zu den Soldaten. „Und nebenbei auch die Einzige", raunte er Logan leise zu. Dieser versuchte, dass Beste daraus zu machen, da er Anderson und seine Entscheidungen respektieren wollte. Doch ihm ging es gehörig gegen den Strich, dass eine Frau seine Truppe führen sollte. *Er* war für sich und seine Soldaten verantwortlich. *Er* musste für ihre Sicherheit sorgen. *Er* musste darauf achten, dass diese Mission nicht in einer Vollkatastrophe endete. Und die Tatsache, dass er jetzt auch noch ein verwöhntes Gör am Hals haben würde, war maßgeblich für seine miese Laune in den vergangenen Wochen verantwortlich.

Nicht, dass er sonst ein so sonniges Gemüt hätte, aber nun war seine Laune endgültig wieder auf dem Tiefpunkt angekommen. Das merkten auch seine beiden besten Freunde Alex und Phil, jedoch unternahmen sie nichts dagegen. Sie waren es gewohnt, den Launen von Logan standzuhalten – sie kannten ihn nicht anders. Seit dem Eintreffen von Logan in das Camp machte er keinen Hehl aus seiner Gemütsverfassung und spielte stets mit offenen Karten. Er war nun mal nicht mehr der aufgeschlossene und glückliche Junge von damals. Die Jahre im Camp und die Freundschaft zu den beiden Jungs taten ihm gut. Immer mehr vergaß er seine verkorkste Vergangenheit und konnte das Leben wieder mehr genießen. Das harte Training und der straffe Zeitplan, den er mit seiner Kompanie befolgen musste, waren für Logan ebenfalls eine willkommene Ablenkung. Oft erwischte er sich selbst dabei, wie er das Training dafür nutzte, seinen eigenen Gedanken und Gefühlen zu entkommen. Alex und Phil hatten schon öfter versucht, mit Logan zu reden, da sie sich manchmal Sorgen um ihn machten, wenn er mal wieder in seinen Trainingswahn verfiel, hatten es dann aber irgendwann aufgegeben. Logan war eben wie er war und er schätzte es sehr, dass seine beiden Freunde das akzeptiert hatten und ihn mit lästigen Fragen in Ruhe ließen.

Als Miss Wilson mit dem Truck auf dem Gelände einparkte und mit ihren kurzen Shorts und der großen Sonnenbrille aus der Fahrertür geklettert war, konnte Logan nicht anders, als die Augen innerlich zu verdrehen. *Genau so* hatte er sie sich vorgestellt. Eine verwöhnte Göre, die mit dem Truck ihres Vaters um die Ecke bog. Vermutlich war es der feinen Dame im Auto nur zu heiß, weshalb sie ihre blonden Haare zu einem Dutt auf den Kopf geknotet hatte. Sonst wären diese mit Sicherheit top gestylt über ihre Schultern gefallen. Ihre lässige Art, der Kompanie entgegenzutreten, wirkte in Logans Augen mehr als überheblich und dass sie gleich zu Beginn das Können des Majors und seines Assistenten mit Dreck besudelt hatte, bestätigte sein Urteil über sie nur noch.

Meine Güte, dass kann noch lustig werden.

Nun war er, wohl oder übel, für sie verantwortlich und würde seinen Pflichten ganz und gar nachkommen. Von seiner Abneigung ihr gegenüber würde er sich nicht daran hindern lassen, die Aufgabe der U.S. Army durchzuführen.

Immerhin bat sie ihm sogleich das *Du* an, was ihm nur recht war, denn er hatte keine Lust, dass sie sich die ganze Reise lang als etwas Besseres fühlte, nur weil man sie siezen sollte. Nachdem er sie in das Hauptgebäude geführt und ihr gezeigt hatte, wo sich ihr Zimmer befand, waren seine Pflichten für den Tag erfüllt und er konnte in seinen verdienten Feierabend gehen.

Wie fast jeden Abend trafen sich die Soldaten in dem Aufenthaltsraum einer der Schlafbaracken. Dort gab es eine kleine Bar mit Getränken, einen Billardtisch und eine Playstation zum Zocken. Die Einrichtung war urig und gemütlich und die Wände waren mit dunklem Holz vertäfelt. Überall gab es indirekte Beleuchtung, die man mit einer Fernbedienung steuern konnte. So streng die Tage und das Training innerhalb der Mauern des Camps auch abliefen, so sehr wurde auch auf die Freizeit und Ausgewogenheit der jungen Männer geachtet. Man traf sich gerne hier, ließ die Tage Revue passieren und feilte an neuen Trainingsmethoden. Heute drehten sich die Gespräche natürlich ausschließlich um Madelyn.

„Endlich mal eine Frau im Haus", rief einer in die Runde. „Bin ja gespannt, was die so drauf hat."

„Was soll sie schon drauf haben? Ich verstehe bis heute nicht, was Anderson an ihr findet", entgegnete ihm ein anderer.

Alle Soldaten schrien laut durcheinander. Die einen fanden es gut, dass Miss Wilson anwesend war – es würde den Laden mal etwas aufmischen. Die anderen hielten an der Tradition, dass Frauen nichts in der U.S. Army zu suchen hatten, fest. Zugegeben, sogar Logan fand diese Regel ziemlich veraltet. In seinen Augen hatten selbstverständlich auch Frauen die Chance, in eine Kompanie zu gehören. Jedoch müssten diese sich genauso beweisen können, wie es die Männer auch mussten. Mit viel Fleiß, hartem Training und Durchhaltevermögen. Mädchen, die nur wegen des Familiennamens hier landeten, waren seiner Meinung nach vergeudete Zeit.

Kapitel 3

Madelyn

Als der tägliche Gong im Camp am nächsten Morgen ertönte, war Maddie schon lange unterwegs. Am gestrigen Abend hatte sie nur noch einmal kurz nach Silas gesehen und ihre Sachen für die Nacht aus dem Truck geholt. Sie war erschöpfter gewesen, als sie es sich selbst eingestehen wollte, und fiel schon früh in einen unruhigen Schlaf. Maddie liebte den Morgen, die angenehmen Temperaturen, welche man nur in den frühen Stunden des Tages erhaschen konnte, die Ruhe, wenn alle anderen noch schliefen, und vor allem liebte sie die leuchtend roten Sonnenaufgänge. Sie hatte sich Silas geschnappt und war seit einiger Zeit in den umliegenden Feldern unterwegs. Ohne Sattel, ohne Zaumzeug. Das bedeutete für sie Freiheit pur. Zwar hatte sie keine Ahnung, wo genau sie eigentlich waren und was es in dieser Gegend zu erkunden gab, aber genau das mochte Maddie so gerne. Solche morgendlichen Ausritte waren in den letzten Monaten zur Seltenheit geworden und sie genoss jeden Augenblick in vollen Zügen.

Zwar hatte sie weder ihre Armbanduhr noch ihr Handy dabei, aber der Stand der Sonne verriet ihr, dass es höchste Zeit war, wieder ins Camp zurückzukehren. Natürlich wurde sie dort schon erwartet und, wie sollte es anders sein, von einigen grimmig aussehenden jungen Männern in Uniform empfangen.

Scheint ziemlich trostlos zu sein, so ein Leben als Soldat.

Da alle schon gefrühstückt hatten, gab sich Maddie mit einem Apfel, den sie eigentlich für Silas mitgebracht hatte, zufrieden und aß diesen, während sie mit Major Anderson und Logan über das Anwesen spazierte. Bei ihrer Ankunft hatte sie wenig Zeit gehabt, sich das Camp genauer anzusehen. Es bestand aus ein paar kleinen Häusern aus Ziegel und Beton, welche als Unterkünfte für die Soldaten dienten, dem prunkvollen Hauptgebäude, in dem sich unter anderem ein Gemeinschaftsraum und ein Speisesaal befanden, und den Stallungen für rund fünfzig Pferde. Überall standen irgendwelche Fahrzeuge in den Tarnfarben der U.S. Army herum, von kleinen Motorrädern über unzählige große Autos, in welchen bis zu zwanzig Männer Platz fanden, bis hin zu mehreren Panzern. Beeindruckt von den Gefährten ließ Maddie sich von Major Anderson alles zeigen und erklären. Sie erfuhr, dass die Soldaten den ganzen Sommer hinweg auf

Einsätzen in ganz Amerika unterwegs waren. Das Camp zählte zu einem der kleineren der U.S. Army und bildete jedes Jahr bis zu 200 neue Soldaten aus. Bereits im jungen Alter von sechzehn Jahren konnte man hier eine Ausbildung beginnen. Nach einigen Monaten, in welchen alle Neuankömmlinge die Grundlagen erlernten, konnte man sich anschließend für einen Fachbereich entscheiden. Am beliebtesten war natürlich die Gruppe der Verteidiger, denn dort lernte man das Kämpfen und den Umgang mit verschiedensten Waffen. Doch dann gab es auch noch Späher, Fahrer, Taucher, Sanitäter und natürlich den Verwaltungsbereich. Es gab kaum mehr gefährliche Einsätze, in denen man wirklich gegeneinander kämpfen musste, erklärte Anderson, denn in den letzten Jahrzehnten verlief alles sehr friedvoll. Dennoch mussten die jungen Männer sich fit halten, trainieren und den Befehlen im Camp Folge leisten, ansonsten konnte es passieren, dass man nach Hause geschickt wurde. Eine größere Schande, als aus dem Camp geschmissen zu werden, gab es in dieser Gegend für einen Jungen nicht.

Es war bereits viel los auf dem Gelände. Männer in Uniform rannten umher und brüllten irgendwelche Befehle, Pferde wurden gestriegelt, um anschließend auf die Koppeln gebracht zu werden, junge Soldaten in Kleingruppen übten sich im Kampf gegeneinander und mit Gewehren bewaffnete Männer waren an allen Ecken des Camps stationiert. Maddie blieb nicht viel Zeit, weitere Eindrücke zu sammeln, denn sie wurde von dem Major in einen großen Saal direkt neben dem Foyer des Hauptgebäudes gebracht. Wie vereinbart sollte sie hier vor der Abreise noch ein paar Worte über das, was sie erwarten würde, erzählen. Nach und nach trudelten einige uniformierte Männer ebenfalls in den großzügig geschnittenen Raum ein und suchten sich einen Platz auf den gepolsterten Stühlen. Es waren nicht so viele, wie Maddie sich vorgestellt hatte. *Gott sei Dank!*

Insgesamt zählte sie dreizehn junge Männer, die sie gespannt ansahen. Sie hatte sich vorher nicht wirklich viele Gedanken darüber gemacht, was genau sie sagen würde, aber irgendwas halbwegs Sinnvolles würde sie schon zu Stande bekommen. „Hallo, ich bin Madelyn Wilson, bin 19 Jahre alt und komme aus dem Herzen Colorados", begann sie leise und kam sich dabei vor wie ein kleines Mädchen bei einem Referat in der Schule. Sie schüttelte innerlich den Kopf und machte weiter. Diesmal selbstbewusster und etwas lauter. „Vermutlich wisst ihr, warum ich heute hier stehe. Ich möchte euch in ein paar Worten zusammenfassen, was uns in den nächsten Tagen auf der Reise ins

Fort erwarten wird. Allem voran nennt mich bitte Maddie. Ich bin keiner eurer Vorgesetzten, also müsst ihr mich auch nicht siezen. Auch verlange ich nicht, dass ihr euch in den nächsten Tagen so starr und militärisch verhaltet, wie ihr es vielleicht gewohnt seid." Bei dem Wort *militärisch* formte sie mit ihren Fingern kleine Gänsefüßchen. Sie wusste eben nicht, wie man dieses Verhalten, welches die jungen Männer jahrelang eingetrichtert bekamen, sonst beschreiben sollte. „Die Reise wird zwar nicht ganz ungefährlich, aber ich habe keine Lust, tagelang schweigend nebeneinander herzureiten." Sie erntete dafür ein paar zurückhaltende Lächeln aus den Reihen der Soldaten. „Wie ihr sicher wisst, werden wir teilweise durch Indianergebiet reiten. Solange wir uns auf den Teilen der Cheyenne befinden, wird uns nichts geschehen. Die Grenzen zu dem benachbarten und leider auch seit Jahrhunderten verfeindeten Stamm der Comanchen werden wir so gut wie möglich meiden. Das Fort liegt am Rande der Great Plains am Fuße der Rocky Mountains, weshalb die Tage heiß und trocken, die Nächte hingegen relativ kühl werden. Der Colorado River wird unseren Weg mehrmals kreuzen und einmal müssen wir ihn an einer sehr gefährlichen Stelle mit starker Strömung überqueren. Dazu braucht es Teamwork und Vertrauen in eure Gefährten. Damit meine ich sowohl die Zwei-, als auch die Vierbeiner. Außerdem wird unser Weg über den Mount Albiro führen, der teilweise so steil ist, dass wir unsere Pferde führen müssen werden, um so die Gefahr eines Absturzes zu minimieren. Abgesehen von diesen zwei Passagen wird uns die Landschaft nicht sonderlich aufhalten. Die Indianer hingegen halten sich nicht immer an ausgemachte Grenzen und versuchen sich gerne mal an kleinen Machtspielchen. Wir überbringen zwar den Friedensvertrag zwischen den Indianern und der U.S. Army, jedoch sind die Stämme der Ureinwohner unter sich schon jahrelang verfeindet und warten nur auf eine Gelegenheit, den Gegner anzugreifen. Ihr seid zwar alle sehr gut ausgebildet und vermutlich bewaffnet bis an den kleinen Zehen, aber sollte uns eine Gruppe Indianer angreifen, haben wir keine Chance."

Keiner der jungen Männer machte auch nur die geringste Bewegung. Alle hingen gespannt an Maddies Lippen. Alle, bis auf einen. Logan Baker lehnte ganz hinten an der Wand und schien Maddies Erzählungen eher amüsant zu finden, denn seine Lippen formten ein leichtes Lächeln.

„Gibt es ein Problem, Logan? Habe ich irgendwas im Gesicht, oder warum grinst du so vor dich hin?", fragte Maddie und legte den Kopf schief.

„Nein, nein. Alles wunderbar. Ich bin nur nicht der Typ der an Märchen glaubt."

„Märchen? Was bitte hältst du denn für ein Märchen, wenn ich fragen darf?"

„Nun ja, die Indianer mögen zwar unter sich verfeindet sein, haben jedoch keinen Grund unsere Gruppe anzugreifen. Außerdem hast du selbst gesagt, dass wir alle eine gute Ausbildung genossen haben. Die sollen sich erst mal in unsere Nähe trauen. Dein Versuch, uns Angst einzuflößen funktioniert nicht. Zumindest nicht bei mir. Wir werden es schon schaffen, *dich* vor den Wilden zu beschützen", schloss er mit einem Augenzwinkern, drehte sich um und verließ den Raum.

Maddie glaubte, ihren Ohren nicht zu trauen. Was war denn das eben? Was dachte sich dieser arrogante Kerl eigentlich? Stand dort mit verschränkten Händen in der Ecke und meinte, einen auf wichtig zu machen. Die anfängliche Sympathie, welche sie für Logan entwickelt hatte, als er den Major davon abhielt, Silas zu schlagen, war schlagartig wieder verschwunden.

Wir werden ja sehen, wer im Ernstfall wen beschützen wird.

Schnell fing sie sich aber wieder. „Abreise ist morgen früh direkt nach dem Frühstück. Ich nehme an, ihr wisst bereits, was ihr alles einpacken müsst?" Sie schaute in nickende Gesichter.

Am nächsten Morgen waren alle bereit. Pünktlich waren die Soldaten, das musste man ihnen lassen. Um Punkt acht Uhr hatte jeder sein Pferd gestriegelt und abfahrbereit gemacht. Die Satteltaschen waren gefüllt und die Männer ausgestattet mit allem, was sie brauchten. Oder zumindest was sie meinten, zu brauchen. Irgendwie war es ein ziemlich lustiger Anblick. Dreizehn junge Männer, von Kopf bis Fuß bewaffnet, gekleidet in der grünen Uniform der U.S. Army, mit Cowboyhüten auf ihren Köpfen. Maddie hatte dem Major eindringlich zu verstehen gegeben, die Männer nicht ohne eine solide Kopfbedeckung reisen zu lassen, da die Sonne sonst binnen weniger Stunden ihr Gehirn vernebeln würde. Dass sie jetzt aber alle solche Hüte bekommen hatten, brachte Maddie zum Grinsen. Auch sie selbst besaß einen Cowboyhut, eines der wertvollsten Erinnerungsstücke an ihre Mutter. Nur trug sie passend dazu eine enge beigefarbene Reithose, braune Lederstiefel und ein helles Leinenhemd.

Immerhin würde sie sich jetzt keine Sorgen machen müssen, einer der Soldaten bekäme einen Sonnenstich.

Maddie staunte wirklich nicht schlecht, als binnen Minuten alle Pferde in insgesamt vier lange Trucks verladen worden waren und die Männer bereits auf den für sie bestimmten Plätzen saßen.

Silas spürte offensichtlich, dass es auf eine besondere Reise ging, denn er machte beim Einladen in Maddies Truck entgegen aller Erwartungen keinerlei Drama. Major Anderson vergewisserte sich bei Logan und Maddie, ob sie den Friedensvertrag auch wirklich eingepackt hatten.

Wieso sollten sie auch ausgerechnet dieses wertvolle Stück Papier hier vergessen?

„Der Vertrag ist sicher in einer der Satteltaschen verstaut. In welcher genau, das wissen nur Logan und ich", antwortete Maddie ein klein wenig genervt. Der Major trat noch näher an Maddie heran. „Ich vertraue Ihnen. Bringen Sie den Vertrag und meine Männer gut in das Fort. Sollte es Probleme geben, bin ich jederzeit über das Funktelefon erreichbar. Gute Reise." Zum Abschied salutierte der Major und Logan tat es ihm gleich. Somit konnten sie endlich aufbrechen.

Nach mehreren Stunden Fahrt erreichte die Kolonne ihren Ausgangspunkt für die Reise zu Pferd. Die Fahrt war ohne größere Zwischenfälle abgelaufen. Nur ein einziges Mal hatten die Trucks einen Stopp einlegen müssen, da eines der Autos nicht mehr über genügend Treibstoff verfügte. Der arme Junge, der vergessen hatte zu tanken, wurde die restlichen Stunden damit aufgezogen.

Als Maddie ausstieg, stockte ihr kurz der Atem. Sie hatte vergessen, wie es war, mitten in dieser unglaublichen Natur zu stehen. Da sie noch sehr zentral in den Rocky Mountains waren, wuchsen rund um sie herum riesige Nadelbäume in den Himmel und Berge ragten bis hoch in die Wolken. Maddie lauschte der Stille. Nur die Klänge eines rauschenden Flusses, welcher sich irgendwo in der Nähe befinden musste, und das Zwitschern der Vögel war zu hören. Maddie atmete tief ein. Es war heiß und schwül, aber sie liebte dieses Klima. Seit langem flammte wieder ein kurzer Augenblick innerer Zufriedenheit in Maddie auf. Hier war sie zu Hause. Doch im nächsten Moment wurde sie auch schon wieder in die Realität zurückgeholt, denn die Soldaten fingen an, ihre Pferde aus den Anhängern zu holen und machten dabei einen ungeheuren Krach.

„Hilft mir mal jemand hier", hörte man es von irgendwo rufen.

„Ich bekomm das sture Vieh nicht aus dem Anhänger", schrie irgendwer verzweifelt von der anderen Richtung. Seufzend drehte sich Maddie um und betrachtete das Schauspiel mit etwas Sicherheitsabstand.

Pff, von wegen, alle sind super toll ausgebildete Pferdeversteher.

Beim Vorbereiten und Verladen der Tiere einige Stunden zuvor hatte Maddie noch Hoffnung geschöpft, es könne eine ganz angenehme und unkomplizierte Reise werden. Als sie jedoch diese Szenen sah, verdrehte sie die Augen.

Das kann ja noch heiter werden.

Nach einer gefühlten Ewigkeit waren sie endlich abmarschbereit. Jeder saß auf seinem Pferd, hatte die richtige Satteltasche hinter dem Westernsattel befestigt und die Zügel sortiert. Die Begleitpferde waren gut beladen mit Zelten, Essensvorräten, Pferdedecken, Verbandszeug und sonstigen Krimskrams, den niemand brauchen würde.

„Zu allererst", sprach Maddie von Silas' Rücken aus zu den Männern, „nehmt eure Waffen ab und verstaut sie so in euren Taschen, dass man sie nicht sehen kann. Nur *ein* Gewehr könnt ihr in die Scheide an eurem Sattel hängen, dass ihr es griffbereit habt."

„Wir werden unsere Waffen ganz bestimmt nicht einpacken, warum haben sie denn dann überhaupt mitgebracht?", entgegnete Logan.

„Wenn uns die Indianer mit so vielen Waffen umherreiten sehen, werden sie misstrauisch und könnten sich zu einem Angriff formieren. Und das wollen wir doch nicht, oder?" Maddie erntete missmutige Blicke. „Außerdem würde ich euch empfehlen, die dicken Jacken auszuziehen, sonst haben wir in weniger als einer Stunde das erste Opfer eines Hitzschlages", fuhr sie fort.

„Liebste Miss Wilson", ertönte wieder die unverkennbar sarkastische Stimme von Logan aus den Reihen der Reiter, „du sollst uns zwar zum Fort begleiten, aber das Sagen auf dieser Mission habe immer noch ich. Wir lassen uns von niemandem herumkommandieren, schon gar nicht von einer Frau, die meint, alles besser zu wissen!"

„Wir werden so lange hier stehen, bis alle ihre Waffen eingepackt haben! Und wenn wir hier auf unseren Pferden übernachten müssen, ist mir das egal", warf Maddie ruhig ein. Sie erntete einen wuterfüllten Blick aus Logans Richtung.

„Gut", gab er nach kurzer Überlegung widerwillig nach und richtete sich mit einem ziemlich harschen Befehlston an seine Männer. „Waffen verstauen, aber die Jacken bleiben an! Wir sind eine Einheit der U.S. Army und nicht irgendeine Zirkusshow. Wir machen uns lächerlich, wenn wir nur in der halben Uniform durchs Land ziehen."

Trotz des Ärgers über den Wiederstand von Logan und den Männern konnte Maddie sich ein Lachen nicht verkneifen.

Weil sie ja so vielen Menschen, denen sie imponieren müssten, hier in dieser verlassenen Gegend begegnen werden würden.

Mit erstaunlich wenig Gejammer seitens der übrigen Männer waren nun nach kurzer Zeit auch die letzten Gewehre und Munitionen verstaut. In einigen Gesichtern konnte Maddie sogar so etwas ähnliches wie Erleichterung und Dankbarkeit entdecken. Offensichtlich waren, in Bezug auf das Tragen von so vielen Waffen, nicht alle Logans Meinung.

„Sollte uns in den nächsten Tagen wirklich ein Indianer entdecken, dann bist du schuld, wenn wir nicht rechtzeitig reagieren können", wandte Logan sich gereizt an Maddie.

„Diese Schuld nehme ich gerne auf mich, Logan. Und als kleine Info am Rande, wir stehen unter Beobachtung, seit dem Augenblick, als wir aus unseren Autos gestiegen sind und einen Fuß auf Indianerland gesetzt haben." Mit diesen abschließenden Worten gab sie Silas mit einem leichten Schenkeldruck das Zeichen, sich in Bewegung zu setzen.

Dahinter taten es ihr die Soldaten gleich, wenn auch erst, als sie sich unsicher und fragend in alle Richtungen umgesehen hatten.

Als würde sich einer der Indianer einfach so zu erkennen geben.

Auch Maddie hatte noch keinen gesehen, jedoch konnte sie die Anwesenheit der Ureinwohner ganz deutlich spüren.

Kapitel 4

Madelyn

Maddie genoss es, einfach nur die Natur auf sich wirken lassen und so viele Eindrücke wie möglich in sich aufsaugen zu können. Ihr Gehör hatte sich bei der Ankunft nicht getäuscht, denn schon nach Kurzem erreichten sie einen kleinen Bachlauf, welcher sich durch Steine und Geröll kämpfte. Es war einer von vielen Ausläufern des Colorado Rivers und eine wertvolle Quelle für alle hier lebenden Tiere. Am Ufer entlang wuchs eine Vielzahl an Blumen, Kakteen, Sträuchern und kleiner Bäume. Maddie kannte den Namen jeder einzelnen Pflanze. Von Geburt an hatte sie gelernt, welche davon man essen konnte, welche zu Medizin verarbeitet werden konnten und um welche man am besten einen großen Bogen machte. Durch das trockene Klima waren nicht alle Teile des Grand Canyons so dicht bewachsen, doch hier am Ufer bekamen die Sträucher und kleineren Bäume genügend Wasser zum Überleben.

Maddies Blick richtete sich nach oben. Sie waren umgeben von mächtigem, sandfarbenem Gestein. Die meterhohen Wände aus kristallinen Schieferarten und rosafarbenem Granit erzählten eine Geschichte, die über zwei Milliarden Jahre zurückreichte. Am wolkenlosen Himmel folgte sie mit den Augen den Vögeln, die dort ihre Bahnen zogen. Sie erinnerte sich an Tage, an denen sie sich selbst wie ein Vogel gefühlt hatte, wild und frei, und sehnte sich dorthin zurück.

Ein lautes Rascheln hinter ihr ließ sie herumfahren. Sie sah einen der Männer, wie er in seiner Satteltasche herumkramte und einen Müsliriegel daraus hervorholte. Als er Maddies Blick wahrgenommen hatte, sagte er peinlich berührt: „Wir sind seit Stunden unterwegs und ich habe Hunger."

Maddie musste lachen. „Ihr braucht doch nur ein Wort zu sagen und wir machen sofort eine Pause. Es tut mir leid, ich habe nicht daran gedacht, dass ihr vielleicht schon etwas müde vom Ritt seid."

„Wir sind nicht müde, nur hungrig", sagte der rothaarige Soldat und biss ein großes Stück vom Riegel ab. Er trieb sein kleines gescheckte Pferd an und schloss zu Maddie auf.

„Ich bin übrigens Alex." Er reckte ihr lächelnd seine Hand entgegen, welche Maddie erfreut ergriff.

„Es freut mich sehr, Alex. Ich hatte noch gar keine Gelegenheit, euch alle kennenzulernen. Im Camp ging es gleich so hektisch zu und der Major hat mich mit Informationen regelrecht zugetextet. Eigentlich wollte ich vor dem Wegreiten eine kurze

Vorstellrunde machen, damit ich eure Namen zumindest mal gehört habe, aber dann war ich so verärgert über Logans Reaktion auf meine Bitte, eure Waffen zu verstauen, dass ich gar keine Lust mehr auf jegliche Konversation hatte."

„Mach dir nichts draus, Logan war schon immer sehr direkt. Für fremde Leute wirkt sein schroffer Umgangston schnell unfreundlich, aber im Grunde meint er es nicht so. Meistens jedenfalls nicht", erklärte Alex.

„Kannst du ein Geheimnis für dich bewahren?" fragte er mit gesenkter Stimme.

„Klar", entgegnete Maddie ebenfalls im Flüsterton.

„Wir sind dir alle dankbar dafür, dass wir nicht die ganze Zeit unsere Waffen am Körper tragen müssen. Hast du eine Ahnung, wie viel die Dinger wiegen? Bei dieser Affenhitze hätte uns das gerade noch gefehlt."

Maddie schmunzelte. Hatte sie die Gesichter der Männer vorhin doch richtig gedeutet. „Gern geschehen."

„Außerdem hattest du auch mit den Jacken Recht. Die halbe Kompanie hat sie schon vor Stunden in den Satteltaschen verstaut. Von Logan haben wir dafür so viele böse Blicke geerntet, dass es für einen Monat reichen müsste."

Amüsiert blickte Maddie sich um. Tatsächlich ritten nur noch drei der Männer, darunter Logan, mit angezogenen Jacken. Alle anderen hatten entweder weiße oder hellgraue T-Shirts an.

„Nun ja, dann habe ich am heutigen Abend immerhin nur drei Männer mit Hitzschlag, dafür den Rest mit gewaltigen Sonnenbränden auf den Armen. Ich habe Major Anderson doch ausdrücklich gebeten, euch mit langärmligen, dünnen Hemden auszustatten?"

„Hm, davon weiß ich leider nichts. Wir hatten die Anweisung, unsere Taschen so zu packen, wie wir es immer tun."

Maddie schüttelte ungläubig den Kopf. Sie kannte die Sonne hier im Herzen Colorados nur zu gut und wusste ganz genau, dass keine auch noch so gebräunte Haut den Strahlen der Sonne standhalten würde.

„Warten wir mal bis heute Abend. Vielleicht habe ich mich auch getäuscht und ihr haltet tatsächlich auch in T-Shirts durch", sagte sie frohen Mutes zu Alex.

Nach einem kurzen Smalltalk über das Wetter vertiefte sich das Gespräch zwischen ihnen. Alex war offensichtlich einer, der gern und viel redete und am liebsten über sich selbst. Er erzählte Maddie von seiner Kindheit, wo er aufgewachsen und wie er zur Armee gekommen war. Maddie erfuhr, dass er noch zwei jüngere Schwestern hatte und für sie ein gutes Vorbild sein wollte. Seine Mutter wollte er schon als kleiner Junge stolz machen und für ihn war es deshalb eine große Ehre, in die U.S. Army aufgenommen zu werden.

So ging das Geplauder eine ganze Weile weiter, bis Maddie irgendwann genug gehört hatte und beschloss, dass es Zeit war, den heutigen Ritt zu beenden. Sie hatte mitbekommen, dass die Soldaten es Alex nachgemacht und sich immer wieder zwischendurch einen Snack gegönnt hatten, weshalb sie eine Pause für unnötig gehalten hatte. Die nächsten Minuten verbrachte sie damit, einen geeigneten Platz für ihr Nachtlager zu finden. Eine kleine Anhöhe direkt an einer Wand des Canyons schien ihr dafür sehr passend. Nahe genug am Wasser, um die Pferde zu tränken und ihre Wasservorräte wieder aufzufüllen, jedoch weit genug weg, dass eine plötzliche Flut sie nicht überraschen konnte. Die Unwetter zogen in dieser Gegend sehr schnell und unerwartet auf und wenn es einmal regnete, dann richtig. Fing es an zu gewittern, stieg der Wasserpegel des Colorado Rivers binnen Minuten so stark an, dass man keine Chance mehr hatte, den Fluten zu entkommen. Viele Reisende waren deshalb schon Opfer plötzlich steigender Gewässer geworden. Dass das kleine, angehobene Plateau an einer Seite durch eine hundert Meter hohe Steinwand begrenzt wurde, war der zweite Grund, weshalb Maddie dies als Schlafplatz auserkoren hatte. In den dunklen Nächten im Grand Canyon lauern viele Gefahren auf unerfahrene Reisende, denn Schlangen, Kojoten und Bären trieben dann ihr Unwesen.

Alle Soldaten schwangen sich mit inzwischen steif gewordenen Gliedmaßen von den Rücken ihrer Pferde, dankbar, dass sie endlich wieder Boden unter ihren Füßen spürten. Für Maddie waren die stundenlangen Ritte über die Jahre zur Gewohnheit geworden, aber untrainierte Reiter spürten die ungewohnten Bewegungen meist in sämtlichen Knochen. Auch bei den Männern war dies nicht anders. Viele streckten und dehnten sich, machten kurze Gymnastikübungen oder mussten sich erst mal kurz hinsetzen. Auch Maddie stieg von Silas' Rücken und nahm ihm Sattel und Zaumzeug ab. Im Gegensatz zu der Kompanie ritt sie ohne Gebissstück. Sie hatte nie viel davon gehalten, den Willen eines Pferdes mit Gewalt zu brechen. Von klein auf hatte sie von den Indianern gelernt, wie sanft und harmonisch das Ausbilden von Jungpferden ablaufen konnte, wenn man nur genug Geduld und Verständnis mitbrachte.

Während die Männer ihre vierbeinigen Begleiter mit langen Stricken an Bäumen, Steinen oder Ästen anbanden, ließ Maddie Silas einfach frei laufen.

Er war es gewohnt, dass er gehen konnte, wohin er wollte, und weglaufen würde er nicht, das wusste sie.

„Kann man das Wasser hier trinken", rief einer der Soldaten vom Flussufer zu ihr rüber.

Maddie nickte nur. Einige der Männer hatten inzwischen mit Steinen eine kleine Feuerstelle in der Mitte der Anhöhe errichtet und suchten nun nach passenden Zweigen und Ästen, um das Feuer zu entfachen. Maddie half Alex währenddessen beim Entladen der Begleitpferde.

„Maddie, darf ich dir Phil vorstellen", sagte er zu ihr und deutete auf den jungen Mann neben ihm. Er war um einiges kleiner als Alex und hatte braunes, lockiges Haar, welches ihm lang in die Augen hing.

Phil reichte Maddie die Hand. „Hi", sagte er lächelnd. „Schön, endlich mal dein hübsches Gesicht sehen zu können. Bis vor ein paar Minuten habe ich dich immer nur von hinten bewundern dürfen. Versteh mich nicht falsch, ein schöner Rücken kann auch entzücken, aber von vorne finde ich dich noch viel beeindruckender." Er trat so nah an Maddie heran, dass sie die Schweißperlen auf seiner Stirn zählen konnte.

Keinen Schritt würde sie nach hinten weichen, so viel stand fest.

„So ein hübsches Ding hier draußen in der Wildnis. Du musst dich doch ganz doll fürchten, oder? Aber keine Angst, ich werde dir nicht mehr von der Seite weichen, dann kann dir auch nichts passieren", schloss er mit einem vermeintlich verführerischen Augenzwinkern.

„Halt die Klappe, Phil", mischte Logan sich ein und gab ihm einen kleinen Schlag auf den Hinterkopf.

Maddie konnte über den missglückten Flirtversuch von Phil nur lachen. „Morgen musst du eben schneller reiten, dann hast du vielleicht nicht immer nur den Arsch meines Pferdes im Blickfeld", konterte sie.

Alex lachte laut los und Phil schmunzelte über Maddies Schlagfertigkeit. Logan hingegen verdrehte nur die Augen und wandte sich wieder den Pferden zu.

„Du bist ganz schön frech für deine Größe", sagte Phil zwinkernd zu Maddie.

„Und du bist ganz schön vorlaut gegenüber jemanden, der dich schneller erschießen kann, als du bis drei gezählt hast." Blitzschnell zog Maddie ihren kleinen Revolver aus ihrem Gürtel und richtete ihn auf Phil.

Schreie der Belustigung kamen aus den Reihen der Soldaten, welche das Spektakel aus einiger Entfernung beobachtet hatten, und Phil hob abwehrend die Hände. „Ist ja gut, ist ja gut. Ich hab schon verstanden", rief er lachend, während Maddie ihre Waffe wieder wegsteckte und in das Lachen einstimmte.

„Schluss jetzt", ertönte Logans Stimme laut. „Wir sind nicht zum Spaß hier. In zehn Minuten möchte ich, dass jeder sein Zeug verstaut hat, das Feuer brennt und irgendjemand schon angefangen hat, zu kochen!"

Maddie blickte fragend in Alex' Richtung und bekam als Antwort nur ein genervtes Augenrollen.

Was ist dieser Logan eigentlich für eine langweilige Spaßbremse?

Wie befohlen brannte nach ein paar Minuten schon ein Feuer und die Männer suchten sich nach und nach einen gemütlichen Sitzplatz. Maddie nahm zwischen Alex und Phil auf einem großen Stein am Rande des Plateaus Platz. Eigentlich hatte sie ihre eigene Verpflegung, bestehend aus Studentenfutter, getrocknetem Fleisch, Nüssen und Reis, mitgebracht, jedoch kam sie gar nicht erst dazu, es aus ihrer Satteltasche zu holen. Einer der Männer verteilte schon eine dickflüssige Suppe und Maddie bekam, wie selbstverständlich, auch eine Portion ab.

„Wenn wir etwas brauchen, dann ist es ein anständiges Essen", raunte Alex ihr mit vollem Mund ins Ohr. „Jeden Tag ist ein anderer zum Kochen eingeteilt, so machen wir das schon seit Jahren. Theresa, die Köchin im Camp, hat viele Gerichte schon so vorbereitet, dass wir sie nur noch erwärmen müssen. Sie meint es auf unseren Exkursionen immer sehr gut mit uns und der Verpflegung. Sollten wir uns mal irgendwo verirren, verhungern würden wir garantiert nicht."

„Da bin ich ja froh", entgegnete Maddie und genoss das warme Gefühl im Bauch, welches durch die Suppe, die jedem Eintopf Konkurrenz machen konnte, ausgelöst wurde. „Mein Essen auf solchen Reisen besteht sonst nur aus getrocknetem Fleisch und zu weich gekochtem Reis."

„Dann hast du ja doppeltes Glück, dass du uns dabei hast", mischte Phil sich zu ihrer Linken ein.

Maddie kam nicht dazu, ihm zu antworten, denn Logan drängelte sich zu ihnen auf den Stein.

Es gibt hier ja sonst keine Sitzgelegenheiten.

„Klar Logan, quetsch dich auch noch dazwischen. Wir haben hier noch genügend Platz für so ein Muskelpaket wie dich. Ist ja nicht so, als wären wir in der freien Natur, wo es Sitzplätze in Hülle und Fülle gibt", klaffte Alex ihn an, als könnte er Maddies Gedanken hören. Dafür kassierte er einen freundschaftlichen Schlag auf seinen Rücken.

„Du wirst deinen rothaarigen Allerwertesten doch noch ein Stück nach links bewegen können", sagte Logan mit einem flüchtigen Grinsen im Gesicht.

Als sein Blick für einen kurzen Moment auf den von Maddie traf, verfinsterte sich seine Miene sofort wieder und er blickte stur hinab in seine Suppenschüssel.

Den Rest des Essens verbrachten sie, geschafft von der langen Reise, schweigend.

Die Sonne war kurz vorm Untergehen und es wurde höchste Zeit, dass alle ihr Nachtlager einrichteten. Die Zelte, welche sie vorher von den Begleitpferden abgeladen hatten, lagen alle auf einem Haufen am Rande der Anhöhe.

„Wenn wir nicht bald damit beginnen, die Zelte aufzubauen, könnte es problematisch werden. Sobald die Sonne hinter den Berggipfeln verschwunden ist, wird es sehr schnell dunkel", erklärte Maddie, während sie aufstand.

Wie von der Tarantel gestochen sprangen die Männer ebenfalls von ihren Sitzplätzen auf und rannten wild umher, um die passendsten Plätze zum Aufstellen der Zelte zu finden. Maddie hatte schon während des Essens die Gegend abgesucht und wusste bereits ein geeignetes Plätzchen für ihr Zelt. Direkt zwischen der Feuerstelle und der Steinwand war ein kleines, flaches Stück, das spärlich mit Gras bedeckt war. Sie räumte einige Steine aus dem Weg und begann, ihr Zwei-Mann-Zelt, welches die Kompanie für sie mitgebracht hatte, aufzubauen.

Schneller als erwartet standen auch die restlichen sechs Zelte rund um die Feuerstelle herum, waren mit Haken im Boden verankert und mit selbstaufblasbaren, dünnen Matratzen bestückt.

„Wir haben nur sieben Zelte", bemerkte ein großgewachsener, schlaksiger Soldat mit einem langen Bart.

„Das kann nicht sein, es müsste acht Zelte geben? Sechs für je zwei von uns, eines für Logan und eines für Maddie", entgegnete Alex und blickte sich um.

„Wenn du nicht irgendwo noch eines versteckt hast, Alex, dann sind es aber nur sieben." Verärgert blickte der junge Soldat mit dem Bart ihn an.

Logan war in die Mitte neben das Feuer getreten. „Wer war für das Einpacken der Zelte verantwortlich?", fragte er grimmig und blickte in die ausdruckslosen Gesichter seiner Männer.

„Wir haben die Zelte schon vor einigen Tagen zusammengetragen und kontrolliert, ob alles ganz ist", bemerkte einer der anderen Soldaten im Hintergrund.

„Na offensichtlich gibt es hier Leute, die nicht mal bis acht zählen können!" Zähneknirschend kniff Logan seine vor Wut funkelnden Augen zusammen. „Das kann doch echt nicht wahr sein! Wie kann man nur so dumm sein und ein Zelt zu wenig einpacken? Gott sei Dank ist der Kopf bei euch allen angewachsen, sonst würde ihr den wohl auch noch zu Hause vergessen!", schrie er in die Menge, während er sich mit seinen Fingern durch seine Haare strich.

„Das ist doch nicht so schlimm, Logan. Sieh das ganze positiv. Immerhin haben es sieben Zelte hierher geschafft." Maddie blickte in ein Paar dunkelbraune Augen, welche sie wütend anfunkelten. Sie meinte es nur gut und wollte Logan mit ihren Worten beruhigen, aber offensichtlich regten diese ihn nur noch mehr auf.

„Du hast gut reden", kläffte er Maddie an. „Du bist auch nur verantwortlich für dich selbst und nicht noch für zwölf andere!"

„Da hast du Recht, aber es ist doch nun wirklich kein Grund, gleich so auszuflippen. Es kann jemand in meinem Zelt schlafen. Mir macht es nichts aus, unter freiem Himmel zu übernachten."

„Ganz bestimmt nicht. Ich lasse doch sicher kein kleines Mädchen hier in der Wildnis im Freien schlafen!"

Maddie glaubte, ihren Ohren nicht zu trauen. „Kleines Mädchen? Hast du schon vergessen, dass ihr nur wegen mir hier seid? Außerdem wäre es nicht das erste Mal, dass ich ohne Zelt unterwegs bin."

„Du schläfst nicht im Freien! Und basta! Wenn hier einer ohne Zelt übernachten muss, dann bin ich es. Ich bin für alle verantwortlich, also werde ich auch derjenige sein, der das hier ausbadet."

Maddie wurde durch sein unnötiges lautes Getue nur noch wütender und wollte ihm gerade ordentlich die Meinung geigen, als Phil sich beschwichtigend zwischen Logan und Maddie stellte. „Logan, reg dich ab. Du musst jetzt wirklich nicht den Helden spielen! Jeder ist hier für sich selbst verantwortlich. Meine Güte, dann schläft halt jede Nacht ein anderer ohne Zelt. Das wird uns schon nicht umbringen."

„Wie wäre es", sagte Maddie und versuchte, ihre Wut auf Logan zu unterdrücken, „wenn wir beide in meinem Zelt schlafen? Wir sind doch erwachsene Menschen und können uns auch so verhalten. In meinem Zelt ist genug Platz für zwei."

Aus Logans Richtung hörte man ein Schnauben. „Das wäre ja noch schöner! Dann kann ich mir im Nachhinein anhören, dass ich nicht Manns genug bin, ohne Zelt auszukommen und zu einem Mädchen ins Zelt gekrochen bin. Nein danke!"

„Gut, wenn du so stur bist, dann schlaf doch im Freien. Musst du dich halt selbst vor den Kojoten beschützen!"

Mit diesen Worten drehte Maddie sich um und verschwand in ihrem Zelt.

So ein egoistischer, frauenfeindlicher Macho. Soll er doch draußen erfrieren.

Sie hörte die Männer vor ihrem Zelt noch eine Weile diskutieren, aber Logan ließ nicht von seinem Ego ab und bestand stocksteif darauf, dass es seine Aufgabe war, solche Situationen durchzustehen und seine Männer und *das Mädchen* zu beschützen. Irgendwann gaben auch Phil und Alex auf, Logan umstimmen zu wollen, und zogen sich in ihre Zelte zurück. Draußen hörte man noch, wie Logan seinen Schlafsack ausbreitete und hineinkroch und schon kurze Zeit später war es still. Nur noch das Zirpen der Grillen war zu hören.

Maddie lag noch eine Weile wach und dachte über die Auseinandersetzung mit Logan nach. Nur wegen eines dummen Zeltes verhielt er sich ihr und den anderen Männern gegenüber wie ein Vollidiot. *Kleines Mädchen* hatte er sie genannt. Er hatte doch überhaupt keine Ahnung. Ohne sie wären die Männer hier draußen verloren. Sie kannte diese Gegend seit ihrer Kindheit und brauchte nicht einmal eine Karte, um den Weg zum Fort der U.S. Army zu finden. Schon Stunden vorher konnte sie in ihren Knochen spüren, wenn ein Gewitter aufzog und sie hörte durch ihr geschultes Gehör schon von weitem, wenn Gefahr durch feindliche Indianer oder wilde Tiere drohte. Sie kannte die besten und schattigsten Plätze für eine Pause und die seichtesten Stellen, um den Fluss zu überqueren.

Ohne Maddie wären die Männer ziemlich schnell aufgeschmissen.

Sie fühlte sich von Logan gedemütigt, weil er sie vor allen anderen wie ein unsicheres Kind behandelt hatte. Offensichtlich war dieser Typ immer nur schlecht gelaunt und ließ es alle anderen ganz deutlich spüren. Maddie konnte nicht verstehen, warum Logan sie gleich so angefahren hatte. Sie hatte lediglich versucht, zu helfen. Augenscheinlich hatte er etwas gegen sie.

Kapitel 5

Logan

Logan zog sich den Schlafsack über seine kalte Nasenspitze. Er ärgerte sich fürchterlich, dass seine Männer ein Zelt im Camp vergessen hatten und dass er das jetzt ausbaden konnte. Natürlich war es seine Pflicht, so redete er es sich zumindest ein. Er war der Sergeant dieser Truppe. Zugegeben, es war arschkalt, obwohl er direkt am Feuer lag, und er fror bis auf die Knochen. Aber das würde niemand jemals erfahren, denn das Letzte, was er wollte, war, als Weichei vor den anderen dazustehen. Der Streit mit Maddie saß ihm noch tief in den Knochen. Eigentlich wollte er gar nicht mit ihr streiten, aber sie hatte einfach nicht von ihrer Meinung abgelassen. Als würde er mit ihr ein Zelt teilen. Das wäre ja der Gipfel. Sollte die Prinzessin mal fein ein Zelt für sich alleine und eine warme ruhige Nacht haben. Vielleicht würde sie dann am nächsten Tag nicht mehr ganz so kratzbürstig sein.

Er beobachtete die Sterne über ihm und schweifte mit seinen Gedanken ab.

Und wo so Nächte voller Sterne hingen,
liebten sie sich durch die Zeit.
Wer weiß, was alles ihnen gelinge,

in diesem hoffnungsvollen Feld,
wären sie nicht hängen geblieben
an den Sternen und der Zeit.
M.B. Hermann

Das Gedicht, welches ihm immer und immer wieder durch den Kopf ging, erinnerte ihn an seine Schwester. Schon als kleines Kind hatte sie die Lyrik und die Gedichte der Romantik geliebt. Immer wieder las sie Logan abends aus ihrem Gedichtband vor und schwärmte von der Zeit, in der solche Gedichte entstanden sind. Logan interessierte sich eigentlich nicht für dieses Thema, doch ließ er sich hin und wieder von ihren Erzählungen in den Bann ziehen. Er mochte es, ihr zuzuhören und zuzusehen wie sie sich in ihren romantischen Gedanken verlor. Das ein oder andere Gedicht war tatsächlich in seinem Kopf hängen geblieben und von Zeit zu Zeit drängten sie sich aus den hintersten Ecken seines Gehirns in den Vordergrund.

Nachdenklich betrachtete er den Himmel. Es war eine wolkenlose Nacht und die Sterne leuchteten mit dem Mond um die Wette. So kalt ihm auch war, dieser Ausblick raubte ihm den Atem und ließ seinen Ärger für kurze Zeit verschwinden. Fasziniert ließ er seinen Blick auf die dunklen Umrisse der hohen Steinwände um sich herum wandern. Leise hörte er den naheliegenden Fluss rauschen und einen Kojoten in der Ferne heulen. Logan genoss die Ruhe und den Frieden. Viel zu selten kam er aus dem Camp raus und konnte seinen Gedanken freien Lauf lassen.

Die Tatsache, dass dieser Kojote, den er immer wieder hörte, näher sein könnte als ihm lieb war, beunruhigte ihn dann doch ein wenig. Er robbte aus dem Schlafsack und holte einen kleinen Revolver aus seiner Satteltasche, die er auf der anderen Seite des Feuers aufgehängt hatte. Keinesfalls wollte er unbewaffnet sein, falls der Kojote, oder Gott weiß was für andere Tiere es hier noch gab, in ihren Rastplatz eindringen würde.

Er hatte keine Angst.

Immer wieder fielen ihm die Augen zu, doch er fand keinen erholsamen Schlaf.

Kapitel 6

Madelyn

Nach einer traumlosen Nacht wachte Maddie noch vor dem Sonnenaufgang auf. Ihr Körper war unbewusst darauf trainiert, in den frühen Morgenstunden von selbst wach zu werden, so brauchte sie nie einen Wecker. Sie drehte sich auf den Rücken und betrachtete das spitze Ende des Zeltes über ihr.

Wann war sie eingeschlafen? Wie war es Logan in der Nacht im Freien ergangen? Was würde der heutige Tag mit sich bringen?

Fragen über Fragen schwirrten ihr im Kopf herum, woraufhin sie beschloss, aufzustehen.

Die kühle Morgenluft stieß ihr beim Öffnen des Reisverschlusses sofort entgegen. Sie trat nach draußen, atmete tief ein und streckte sich ein paar Sekunden lang. Rund um sie herum war noch alles still. Offensichtlich schliefen die Männer noch, eingeschlossen Logan. Sie sah ihn zusammengekauert in seinem Schlafsack zwischen ihrem und Alex' Zelt liegen. Er hatte ihr den Rücken zugedreht, sodass sie sein Gesicht nicht sehen konnte. Ein winziges Fünkchen von Mitleid und schlechtem Gewissen meldete sich in Maddies Kopf. Hätte sie sich gestern nur nicht so schnell von Logan ärgern lassen und wäre nicht gleich wütend geworden, hätte sie ihn vielleicht doch noch überreden können, gemeinsam mit ihr in ihrem Zelt zu schlafen. Eigentlich konnte sie nichts so leicht aufregen, denn sie betrachtete stets alles diplomatisch und mit viel Ruhe und Geduld, doch irgendetwas hatte dieser Logan an sich, das sie gestern sofort hatte wütend werden lassen. Vermutlich war das gestern Abend nur der Stein, der das ganze Fass zum Überlaufen gebracht hatte. Logan war schon seit ihrer Ankunft im Camp gemein zu ihr. Bis auf die kleine Ausnahme, als er für Silas eingetreten war, hatte er kein nettes Wort an sie verschwendet. Sie bekam von ihm nur Gegenwehr, freche Antworten und frauenfeindliche Anschuldigungen. Was auch immer er für ein Problem hatte, Maddie wollte sich nicht die Mühe machen, dieses zu lösen.

Schon von weitem sah sie Silas, der auf sie aufmerksam geworden war und den Kopf in ihre Richtung drehte. Wie vorhergesehen stand er nicht mehr als ein paar Meter von ihrem Rastplatz entfernt am Ufer des Flusses. Ein leises Wiehern drang in Maddies Ohren und sie hatte schlagartig wieder bessere Laune. Silas kam im Trab auf sie zu und stoppte dicht vor ihrer Nase.

„Was hältst du von einer kleinen Runde?“, fragte Maddie in Silas' Mähne hinein. Eher zufällig als gewollt bekam sie als Antwort ein kurzes Schütteln mit dem Kopf.

„Das heißt dann wohl, ja", stellte sie mit einem Schmunzeln im Gesicht fest. Leichtfüßig schwang sie sich auf Silas' Rücken. Die beiden machten kehrt und trabten den Bachlauf entlang Richtung Norden davon. Maddies Gedanken schweiften ab und sie ließ sich von Silas tragen. Immer höher kletterten sie über einen schmalen Pfad eine steile, steinige Anhöhe hinauf. Oben angekommen stockte Maddie kurz der Atem. Sie ließ Silas anhalten und schaute sich um. Sie waren auf einer großen Ebene über der Schlucht, in der sie ihr Nachtlager aufgeschlagen hatten, gelandet. Rund um sie herum war nichts außer Flachland, soweit das Auge reichte. Hier, weit entfernt von jeglichem Wasser, war die Landschaft von niedrigen Büschen und Kakteen geprägt.

Silas verstand Maddie blind und setzte sich nur durch ihre Gedanken in Bewegung. Immer schneller preschte er vorwärts, bis er in einen rasenden Galopp fiel. Wie sehr hatte Maddie dieses Gefühl vermisst. Auf dem Rücken ihres besten Freundes über die Ebenen der Great Planes zu galoppieren, ohne Ziel und ohne Zwang, war für sie pures Glücksgefühl. Das war Freiheit. Maddie spürte, wie der Wind mit ihren langen Haaren spielte und sie wild zerzauste. Sie genoss das Gefühl, unter sich den mächtigen und muskulösen Körper ihres Hengstes zu fühlen. Diese Verbundenheit, dieses Vertrauen und diese Liebe, die sie für Silas empfand, waren einzigartig. Sie brauchte keinen Sattel und auch kein Zaumzeug, um mit ihm zu kommunizieren. Manchmal kam es ihr vor, als könnte er ihre Gedanken lesen. Er verstand, wenn sie glücklich und fröhlich war, freute sich mit ihr mit und zeigte seine Freude mit übermütigen Sprüngen und zufriedenem Schnauben. Er spürte aber auch, besser als jeder andere, wenn Maddie etwas auf dem Herzen lag. Er war immer für sie da, auch wenn er nicht sprechen konnte und tröstete sie auf eine Weise, wie es kein Mensch je können würde. Maddie konnte es nicht erklären und für viele Leute in ihrem Umfeld war diese Verbundenheit zwischen ihrem Pferd und ihr nicht mehr als eine lächerliche Einbildung. Doch Maddie wusste, dass sie in Silas ihren besten und einzigen Freund gefunden hatte, der für sie da sein würde, bis es zu Ende ging.

Nach einiger Zeit wurde Silas langsamer und schnaufte schwer. Er fiel in Trab und anschließend in Schritt.

„Na mein Großer, hat dir das genauso gefallen wie mir?" Als Antwort bekam sie ein kräftiges, helles Wiehern. „Ich habe vergessen, wie unglaublich dieses Gefühl der Freiheit ist", sagte sie in sein Ohr und tätschelte ihm liebevoll den Hals. „Leider bleibt uns nichts anderes übrig, als umzukehren. Die Männer fragen sich bestimmt schon, wo wir abgeblieben sind." Mit einem kleinen Seufzer und einem letzten Blick auf die große Weite machten die beiden kehrt und trotteten in einem gemächlichen Tempo zum Rastplatz zurück.

Schon von Weitem hörte sie, dass die Männer wach und schon fleißig am Werkeln waren. Die meisten Zelte waren bereits wieder abgebaut und eingepackt und der Duft von frisch gebrühtem Kaffee schlug Maddie entgegen. Freudig winkend wurde sie von Alex und Phil erwartet. Maddie stieg ab, blieb aber noch kurz etwas abseits bei Silas stehen. Sie lehnte ihr Gesicht an seines und kraulte ihm liebevoll den Hals unter der langen Mähne. Wie sehr sie dieses Tier doch liebte.

Plötzlich wurde sie so abrupt aus ihren Gedanken gerissen, dass sie einen leisen Schrei ausstieß. Es gab nur eine Person, die so wenig Anstand hatte, sich einfach an sie heranzuschleichen.

„Na Prinzessin, hattest du einen schönen Ausritt? Hast du dich gut entspannt, während wir die ganze Arbeit erledigt haben und so gut wie aufbruchsbereit sind?", ertönte Logans Stimme hinter Maddie.

„Ich wünsche dir auch einen wunderschönen guten Morgen, lieber Logan", antwortete Maddie, während sie sich mit einem Augenrollen langsam zu ihm umdrehte. „Unser Ausritt war wirklich sehr entspannend, danke der Nachfrage."

Eindeutig wütend über Maddies sarkastische Antwort fuhr er sie an: „Pack dein Zeug zusammen, wir brechen in einer halben Stunde auf. Das Frühstück hast du verpasst. Pech gehabt." Logan machte am Absatz kehrt und verschwand zwischen den anderen Soldaten.

Immer noch leicht verwirrt über seinen Auftritt stand Maddie noch an derselben Stelle wie gerade eben. Warum in aller Welt war er so ein Idiot. Es war doch nicht zu viel verlangt, wenn man sie in der Früh erst mal mit einem „Guten Morgen" begrüßte, anstatt sofort wieder wütend rumzuschreien. Schlagartig war Maddies Glücksgefühl vom Ausritt um mindestens die Hälfte geschrumpft. Mit dunkler Miene trottete sie zu ihrem Zelt.

„Hey Maddie, hast du gut geschlafen?", fragte Phil, der sich fröhlich pfeifend zu ihr gesellt hatte.

„Ja, danke Phil, nett, dass du fragst. Wie war deine Nacht?"

„Nun ja, lieber hätte ich natürlich neben dir im Zelt gelegen als neben Alex, aber es war schon ok." Er hatte ein freches Lächeln auf den Lippen.

„Wenn ich ehrlich bin, hätte ich auch lieber mein Zelt mit Maddie geteilt", mischte sich Alex plötzlich ein, „aber nur aus dem Grund, dass ich dann deinem enormen Schnarchen entkommen wäre."

„Tja, Pech gehabt, jetzt hast du mein wundervolles Schnarchen jede Nacht am Hals", sagte Phil. „Außer, Maddie überlegt es sich doch noch anders und lässt mich in ihr Zelt." Phil schenkte Maddie sein schönstes Lächeln.

„Sorry, Phil, aber ich glaub, Alex ist ein besserer Zelt-Kompane als ich. Ich würde dein Schnarchen vermutlich in einem Kopfkissen ersticken."

Amüsiert über Phils erneute Flirtversuche schüttelte sie nur den Kopf und machte sich daran, ihr Zelt abzubauen und ihr Zeug zu verstauen.

Es war schnell erledigt, denn so viel hatte sie gar nicht ausgepackt. Nicht, dass sie viel von zu Hause mitgenommen hätte, aber außer ihr T-Shirt zum Schlafen und ihren Kulturbeutel mit einer Zahnbürste und einer Gesichtscreme mit Lichtschutzfaktor hatte sie erst gar nichts aus der Satteltasche geholt. Das kleine Zelt war rasch zusammengefaltet und mit einem dicken Seil am Tragegurt eines der Begleitpferde befestigt.

Schon hörte Maddie Logan laut rufen: „Aufsitzen Männer, in fünf Minuten reiten wir los."

Wieder stieg sofort Wut in Maddie hoch. Warum konnte er nicht noch ein paar Minuten länger warten, bis sie auch fertig war? Warum konnte er nicht mal einen Satz normal aussprechen, anstatt immer sofort zu schreien? Außerdem, wo sollten die Männer denn großartig hin? Ohne Maddie wussten sie nicht mal, in welche Richtung es geht. Zufrieden mit dem Gedanken, dass die Soldaten zwangsläufig auf sie warten *mussten,* ließ sie sich beim Satteln von Silas extra viel Zeit. Zum Leidwesen aller anderen, denn Logan wurde von Minute zu Minute unruhiger. Ein paar Mal schaute er zu Maddie herüber und trieb sie mit wild fuchtelnden Handbewegungen zur Eile. Doch Maddie ließ sich alle Zeit der Welt.

Der sollte ruhig lernen, zu warten.

Nachdem sie ihr Zaumzeug zum wiederholten Male gecheckt und den Sattelgurt zum dritten Mal nachgezogen hatte, konnte sie es nicht länger hinauszögern und schwang sich leichtfüßig in den Sattel.

„Na endlich, hat's die Prinzessin nun auch geschafft", kam es aus Logans Richtung.

„Jawohl." Maddie salutierte in Richtung des jungen Sergeants. „Normalerweise bin ich es gewohnt, dass mir jemand mein Pferd sattelt und ich nur mehr aufsitzen muss, aber von euch undankbaren Männern war ja keiner dazu imstande", sagte sie.

Aus den Reihen der Männer kam Gelächter.

„O gnädigste Miss Wilson, wir werden das nächste Mal Rücksicht auf Sie nehmen. Sofern mich Ihr Pferd nicht sofort umbringt, wenn ich in seine Nähe komme, übernehme ich das Satteln sehr

gerne für Sie", flötete Phil in hohen Tönen und erntete dafür noch mehr lustige Zurufe.

„Schluss jetzt", erklang die wieder mal ernste
und wütende Stimme von Logan, „könnt ihr euch
nicht einmal wie erwachsene Menschen verhalten
und euch eure nutzlosen Späße sonst wohin stecken?"

„Wir stecken dir gleich etwas sonst wohin", rief
Alex laut lachend und schüttelte den Kopf. Er hatte
sein Pferd neben Silas gelenkt und raunte Maddie
ins Ohr: „Nimm es nicht persönlich. Logan hat einfach so eine raue Art, aber meistens meint er es gar
nicht so."

„Wenn er es nicht so meint, dann könnte er doch
einen anderen Ton einschlagen und etwas höflicher
mit uns allen umgehen", entgegnete Maddie.

„Er ist es einfach nicht gewohnt, dass eine Frau
unter uns ist. Wir kennen ihn inzwischen alle lang
genug und wissen, wie wir seine Stimmungsschwankungen hinnehmen müssen."

„Stimmungsschwankungen? Das müsste ja bedeuten, er hätte auch nette Seiten?"

„Hat er auch! Na ja, zumindest ab und zu mal.
Uns macht das nichts aus, wie gesagt, wir haben alle gelernt, mit seinem schroffen Umgangston umzugehen. Aber zugegeben, mit dir dürfte er nicht so
reden! Erstens bist du eine Frau, die jeder Mann
grundsätzlich mit gebührendem Respekt behandeln

müsste, und zweitens sind wir auf dich angewiesen. Jeder hier weiß, dass wir ohne dich aufgeschmissen wären, nur Logan akzeptiert das nicht. Vielleicht kommt seine schlechte Laune auch daher, dass nicht mehr er der Boss ist, sondern du uns jetzt sagst, wo es lang geht."

In dem Moment, als Maddie Alex antworten wollte, setzte sich Logan ganz vorne mit seinem Pferd in Bewegung und die Soldaten folgten ihm automatisch.

„Soll ich ihm gleich sagen, dass er in die falsche Richtung reitet, oder soll ich noch ein paar Stunden warten?", raunte Maddie Alex und Phil zu. Die beiden brachen in schallendes Gelächter aus.

„Sag es ihm besser gleich, sonst wird er noch viel wütender sein, wenn du ihn jetzt stundenlang in die falsche Richtung reiten lässt", sagte Alex.

„Ich würde es ganz laut über die ganze Truppe hinweg schreien! Diese Blamage hätte Logan mal so richtig verdient", mischte Phil sich ein.

Maddie überlegte kurz, ob sie den Vorschlag von Phil wirklich in die Tat umsetzen sollte. Doch das würde auch nichts bringen. Ihn vor all seinen Männern so bloßzustellen würde seine ohnehin schon miese Laune nicht bessern, im Gegenteil, sie würde noch weiter sinken und darauf hatte Maddie so gar keine Lust.

Sie ließ Alex und Phil am Ende der Kolonne hinter sich und trabte bis zu Logan, der mit einigem Abstand zu den anderen voranritt.

„Logan", setzte Maddie an, wurde aber gleich unterbrochen.

„Was ist?", fragte Logan und funkelte sie an.

„Ich wollte dir nur sagen, dass wir in die falsche Richtung reiten." Maddie tat sich echt schwer, ihr schadenfrohes Grinsen zu verbergen.

„Das kann nicht sein, ich habe vorher auf der Karte nachgesehen und wir sind genau richtig unterwegs", sagte Logan und blickte stur geradeaus.

„Kann schon sein, dass die Karte nur diese Route anzeigt, aber wir müssen auf diesem Weg den Fluss an einer Stelle überqueren, die in dieser Jahreszeit lebensgefährlich ist. Außerdem sind wir auf einer anderen Strecke um einen Tagesritt schneller."

„Auf der Karte steht, hier wäre ein gut befestigter Wander- und Reitweg, deshalb werden wir auch hier auf dieser Route bleiben." Logan trieb sein Pferd an.

Maddie ließ sich nicht abschütteln und schloss wieder auf gleicher Höhe auf. „Glaub mir, Logan, ich kenne mich hier in dieser Gegend aus und ich weiß, dass wir spätestens heute Abend wieder umkehren müssen. Mir ist das egal, ich hab genügend Zeit und genieße diese herrliche Natur, aber ich bin mir nicht sicher, was deine Männer davon halten, wenn wir sie zum Spaß einen ganzen Tag länger auf ihren Pferden sitzen lassen."

Einige Augenblicke lang erhielt sie keine Antwort von Logan und Maddie begann, sich zu fragen, ob er ihr überhaupt zugehört hatte.

„Meinetwegen", knurrte Logan dann plötzlich. „Dann drehen wir halt um. Aber eines sag ich dir, wenn wir irgendwo stehen und nicht mehr weiterkommen, dann bist allein du schuld! Ab da übernehme dann ich und du bist still und reitest mit den anderen hinter mir nach. Haben wir uns verstanden?", zischte er. In seinen Augen war nur noch Verachtung und Hass zu entdecken. „In welche Richtung müssen wir?"

Maddie deutete nach Osten, dort, wo die morgendlichen Sonnenstrahlen gerade über die ersten Berggipfel schienen. Sie war, wie üblich, wütend über Logans Reaktion. Er müsste ihr dankbar sein, dass sie ihn vor einer riesigen Blamage vor seinen Männern bewahrt hatte, doch stattdessen fauchte er sie an und blickte stur vor sich her.

„Da vorne macht der Weg einen Bogen, dann können wir die andere Richtung einschlagen."

Somit war das Gespräch zwischen den beiden beendet und sie ritten schweigend nebeneinander her.

Es vergingen einige Stunden, in denen keiner auch nur ein Wort sprach. Alex, Phil und die anderen jungen Soldaten hatten mit ihren Muskelkatern vom gestrigen Ritt zu kämpfen und versuchten, sich so schmerzfrei wie möglich auf ihren Pferden zu halten, und Logan ritt in einigem Abstand hinter Maddie und starrte immer noch stur geradeaus.

Schon von weitem hörte Maddie wieder das Rauschen des Flusses. In den vergangenen Stunden war ihre Route etwas abseits vom Colorado River verlaufen. Je weiter sie sich vom Fluss entfernt hatten, desto rauer war die Gegend geworden. Die Kakteen hatten Überhand gegenüber allen anderen Sträuchern und Gräsern genommen und die Luft war deutlich trockener und heißer geworden. Umso besser, dass sie gleich wieder die angenehm milden Temperaturen rund um das Flussbett genießen konnten. Auch die Pferde schienen das nahe Wasser bemerkt zu haben. Einige von ihnen wurden nervös und tänzelten unruhig auf der Stelle.

Als sie nach einer weiteren Kehre endlich wieder am Flussufer standen, machten sie eine kurze Rast. Alle stiegen von ihren Pferden ab und vertraten sich kurz die Beine. Die Pferde stillten derweil ihren Durst an einer seichten Stelle und stapften mit ihren heißen Hufen im kühlen Nass umher.

„An dieser Stelle müssen wir den Fluss überqueren", sagte Maddie mehr zu sich selbst als zu jemand anderen.

Sie stand am Ufer und blickte sich um. Es war nicht das erste Mal, dass sie das Flussbett hier überquerte, doch sie wusste, dass es für unerfahrene Reiter schnell zur großen Gefahr werden konnte. Das Wasser war hier nicht sehr tief, jedoch waren die Strömungen stark. Ein falscher Tritt, in dem man den Halt kurz verlor, und man wurde von dem Wasser sofort mitgezogen.

„Ok, Jungs, hört mir bitte kurz zu", rief Maddie und wandte sich an die Soldaten. Diese hatten sich alle zu ihr gedreht und blickten sie erwartungsvoll an.

„Genau an dieser Stelle werden wir jetzt den Colorado River überqueren. Es mag zwar aussehen wie ein kleines Bächlein, aber die unterirdischen Strömungen können einen schnell überraschen. Ich bitte euch, euren Pferden zu vertrauen und sie einfach selbst ihren Weg finden zu lassen. Ihr Instinkt wird sie leiten und uns alle sicher ans andere Ufer bringen."

Mit diesen Worten schwang sich Maddie wieder auf Silas' Rücken in den Sattel. Die Männer taten es ihr nach.

„Lasst die Begleitpferde frei laufen, hängt ihnen die Stricke ab", rief sie in die Runde, woraufhin die Soldaten sogleich ihren Befehlen Folge leisteten.

„Am besten, ihr lasst auch eure Zügel los und haltet euch an den Sattelknäufen fest. Lasst die Pferde einfach gehen." Mit diesen Worten trieb sie Silas sanft an und watete in das Gewässer. Wie sie es den Männern gesagt hatte, ließ auch sie ihre Zügel ganz locker. Sie vertraute Silas zu hundert Prozent und hatte keine Zweifel daran, dass er den besten Weg durch das Flussbett finden würde. Langsam, Schritt für Schritt, setzte Silas einen Fuß vor den anderen. Behutsam und vorsichtig suchte er sich einen Weg. Die Steine waren rutschig und glatt, für Silas jedoch kein Problem. Maddie drehte sich um und sah, wie direkt hinter ihr ein Soldat nach dem anderen mit seinem Pferd in den Fluss trat. Im Gänsemarsch watete so die gesamte Truppe durch das tückische Gewässer. Der Vorteil am Colorado River war, dass das Wasser kristallklar war und man somit zumindest auf den Grund sehen konnte.

Hinter sich hörte Maddie Alex einmal aufschreien und drehte sich hastig um.

„Alles ok?", rief sie ihm zu.

„Ja, alles gut. Feifer ist nur kurz gestolpert", rief er als Antwort und tätschelte seinem Wallach den Hals.

Maddie drehte sich etwas angespannt wieder nach vorne und sah zu ihrer großen Erleichterung das andere Ende des Flussbettes immer näher rücken.

Ein paar Minuten später war die Truppe wieder am Ufer angekommen und Maddie atmete erleichtert auf.

„War doch gar nicht so schlimm, oder, Prinzessin?", sagte Logan, der sein Pferd neben Silas zum Stehen gebracht hatte. „Die Einzige, die Angst vor so ein bisschen Wasser hatte, warst nämlich du", sagte er, bevor er abwertend über sie lachte.

Maddies Wangen glühten aus lauter Zorn auf Logan. Er hatte keine Ahnung, wie gefährlich dieser Fluss wirklich war und wie viele Opfer er schon verschlungen hatte. Doch sie ließ sich nicht auf sein Niveau herab und antwortete ihm nur mit einem Augenrollen.

Soll er nur froh sein, dass alle wieder heil am anderen Ufer angekommen sind, sonst hätte sein armes Ego noch mehr gelitten.

„Das war doch mal eine herrliche Erfrischung", rief Phil aus den Reihen der Soldaten, während er sich das Wasser aus seinen Haaren strich.

„Was ist denn mit dir passiert?" Maddie sah ihn belustigt an. „Hast du den Kopf ins Wasser gesteckt?"

„Klar, bei dieser Hitze ist das doch eine Wohltat", lächelte er sie an.

„Vielleicht sollten wir Logans Kopf auch mal abkühlen?", sagte Maddie und erntete wieder schallendes Gelächter auf Logans Kosten.

„Ach, wie witzig du doch bist", entgegnete dieser mit Falten auf seiner Stirn und trieb sein Pferd an. Lachend taten es ihm Maddie und Phil gleich und auch der Rest der Männer schloss zu ihnen auf.

„Endlich traut sich mal jemand, Logan Kontra zu bieten. Wir alle haben über die Jahre gelernt, alles still so hinzunehmen wie Logan es gerne hätte, denn er hat leider die Macht, uns ganz schön fertigzumachen", erzählte Alex. „Einmal hatte Jeremy genug, ständig Logans Launen ausgesetzt zu sein, und hatte ihm einen blöden Kommentar zugerufen. Daraufhin musste er für den Rest der Woche den Stalldienst für uns alle übernehmen und jeden Tag zwanzig Runden auf dem Platz laufen."

„Warum lasst ihr euch so etwas gefallen?", fragte Maddie ihn fassungslos.

„So läuft das eben bei der Army. Einer hat das Sagen, die anderen müssen gehorchen." Alex zuckte nur mit den Schultern.

Nach einer kurzen Rast, inklusive einer leckeren Jause, bestehend aus aufgebackenem Brot, mildem Käse, Stangenwurst und getrockneten Tomaten, begannen die heißen Nachmittagsstunden. Entgegen der allbekannten Meinung, dass die Hitze um die Mittagszeit am stärksten war, zeigte die Sonne hier in den Great Planes erst in den Nachmittagsstunden ihre größte Wirkung. Die drückende Hitze machte sowohl den Männern als auch den Pferden zu schaffen, wodurch die Kompanie nur noch langsam vorankam. Maddie hatte in ihrem Kopf einen geeigneten Schlafplatz für die Truppe im Visier und bis dahin waren es noch ein paar Stunden. *Vor allem bei diesem* bahnbrechenden *Tempo konnte es noch einige Zeit dauern.*

„Hey, Maddie", Alex und Phil tauchten neben ihr auf. „Sag mal, wie kommst du eigentlich hierher?"

„Nun ja, auf dem gleichen Weg wie ihr?", scherze Maddie.

„Das haben wir nicht gemeint! Du hältst dich manchmal schon für witzig, oder?" Die zwei Soldaten schmunzelten. „Wieso kennst du dich so gut in dieser Gegend aus? Wie kommt es, dass du dich als junge Frau hier zwischen brütender Hitze, trostlosem Gestrüpp und gefährlichen Tieren so wohlfühlst?"

Maddie sah in die Augen von Alex und Phil und entdeckte darin ehrliches Interesse. Sie erzählte eigentlich nicht gerne von ihrer Vergangenheit, weil es sie noch zu sehr schmerzte, aber wieso sollte sie vor den beiden ein Geheimnis draus machen.

„Nun ja, ich bin hier aufgewachsen und …"

In diesem Moment fing Silas an, unruhig auf der Stelle zu tänzeln. Er schüttelte den Kopf, schlug mit dem Schweif und rollte mit den Augen. Er hatte was gewittert. Auch Maddies Muskeln spannten sich an, jegliche Farbe wich aus ihrem Gesicht und ihre Nasenflügel bebten.

„Wir bekommen Besuch", sagte Maddie tonlos, mehr zu sich selbst als zu den anderen, drehte sich suchend um und rief schließlich Logan zu sich.

„Logan, wir werden beobachtet. Wir sind umzingelt von Indianern. Und ich meine die nicht so friedlichen von ihnen."

„Ach was, wir hätten doch bemerkt, wenn …"

„Logan!" Maddie funkelte ihn an und sah ihm dabei so tief in die Augen, dass Logan sofort innehielt. „Ich sag es noch einmal. Wir bekommen vermutlich gleich Gesellschaft und es wird bestimmt kein freundliches Getratsche! Versammle deine Männer eng zusammen und verhaltet euch ruhig."

Gott sei Dank hatte Logan den Ernst der Lage begriffen und stieß einen leisen Pfiff aus. Sofort kamen alle Soldaten in seine Richtung, formierten sich in einer Gruppe und sahen Logan beunruhigt an.

Maddie redete weiter auf Logan ein. „Ich weiß, das kratzt an deinem Ego, aber du musst mir jetzt das Kommando überlassen. Diese Situation kann auf zwei Weisen enden – entweder, wir kommen unbeschadet davon, oder wir bringen Stockins verletzte oder gar tote Soldaten. Und, Logan? Eine Sache noch – zieh unter keinen Umständen deine Waffe!"

„Wird schon nicht so schlimm werden", entgegnete Logan locker, aber die Anspannung war ihm deutlich ins Gesicht geschrieben.

„Jetzt ist Schluss mit lustig." Kaum hatte Maddie diese Worte ausgesprochen, waren weit entfernt auch schon Umrisse einiger Reiter zu erkennen.

„Ganz ruhig, Silas", Maddie klopfte ihrem Hengst zur Beruhigung auf den Hals und streichelte seine Mähne. „Wir kennen die und sie kennen uns. Sie wissen, dass mit uns nicht zu spaßen ist."

Man könnte eine Stecknadel fallen hören, so still war es plötzlich geworden. Es schien, als könnten auch die Pflanzen und Tiere die in der Luft liegende Spannung spüren.

„Miss Wilson."

Es ertönte eine Stimme, die Maddie nur allzu bekannt war. Ein Schauer lief ihr über den Rücken. Direkt vor ihr stand nun eine Truppe Indianer. Comanchen um genauer zu sein. Hinter ihr waren die Soldaten der U.S. Army.

Eindeutig zu viel Testosteron um sie herum.

„Häuptling Pontiac." Maddie versuchte, neutral zu wirken und keine Furcht zu zeigen.

„Sie wissen doch bestimmt besser als jeder andere, dass Sie sich in unserem Teil des Landes aufhalten. Bis zum Flussufer gehört die Weite den Comanchen."

Absichtlich hatte Maddie den Soldaten verschwiegen, dass sie sich nun auf feindlichem Indianergebiet befanden. Das hätte nur für Unruhe und Diskussionen gesorgt und Maddie wollte jegliche Aufregungen vermeiden.

„Das weiß ich in der Tat, Häuptling, jedoch sind wir nur auf der Durchreise und werden Ihr Gebiet heute Abend wieder verlassen haben."

„Heute Abend. So, so. Sie sind ziemlich zielsicher unterwegs, oder?" Ausdruckslos starrte der Häuptling in Maddies Augen. Jenes wütende Funkeln, vor welchem Maddie sich fürchtete, konnte sie zu ihrer Erleichterung nicht entdecken.

Sie wusste, wie sie sich verhalten musste und schaute mit genauso geradeaus gerichteten, desinteressierten Augen zu ihm zurück. „Die Männer hinter mir sind Soldaten der U.S. Army und wir sind lediglich auf dem Weg in das Fort … um dort den Soldaten vor Ort Unterstützung zu leisten", log Maddie. Dass sie den offiziellen Friedensvertrag zwischen der U.S. Army und den Indianern in der Tasche hatten, würde sie um jeden Preis verschweigen. Zwar hatte auch Häuptling Pontiac den Verhandlungen zugestimmt, jedoch zählte er zu den wenigen kleinen Stämmen, die durch mächtigere Stämme mehr oder dazu genötigt worden waren. Maddie wusste, dass es dem Häuptling nicht um den Friedensvertrag ging, zumindest nicht jetzt gerade, jedoch musste sie diese Tatsache ja trotzdem nicht so offen preisgeben. Die Comanchen waren nur auf eines fixiert.

Auf Silas und sie.

„Dafür hätten Sie unser Gebiet aber nicht queren müssen?" Der Häuptling legte den Kopf etwas schief.

„Das stimmt natürlich. Jedoch würden wir auf der anderen Route mindestens fünf Tagesritte länger benötigen und meine Begleiter sind nicht darauf trainiert, so lange im Sattel zu sitzen."

„Na wenn das so ist, freuen wir uns natürlich über Ihren Besuch in unserem Land."

Da war es.

Dieses Funkeln in den Augen von Häuptling Pontiac, welches Maddie erschaudern ließ.

Silas wurde unruhiger. Man hörte ein tiefes Grollen in ihm aufsteigen, er warf den Kopf hoch, stieß ein schrilles Wiehern aus und stieg mit seinem Oberkörper nach oben. Das weiß in seinen Augen kam zum Vorschein und der Boden bebte, als seine Vorderhufe wieder auf dem Boden aufschlugen.

„Scheint so, als wäre Ihr kleiner Hengst etwas launisch?" Der Häuptling erntete Lachen aus den Reihen seiner Männer. „Das war er ja immer schon." Und mit einem Schlag war jegliches Lachen aus den Gesichtern verschwunden. „Ich wusste schon damals, dass ein kleines Mädchen mit so einem Pferd nicht klarkommen wird. Ein Wunder, dass er Ihnen noch nicht das Genick gebrochen hat."

„Silas spiegelt sein Gegenüber wieder. Nur einem einzigen Menschen hat er jemals etwas zu Leide getan, und dieser war selbst dran schuld." In Maddie stieg Wut auf. Sie war sehr gut darin, sich und ihre Emotionen zu beherrschen. Diese alte Geschichte wieder in Erinnerung zu rufen, war jedoch zu viel. Über alles andere stand sie drüber, aber wenn es um ihren Silas ging, kannte sie keine Zurückhaltung.

Binnen einer Sekunde hatte der Häuptling seinen Revolver vom Sattelknauf gelöst und zielte damit direkt auf Maddie. Aus den Reihen von Maddies' Männern kam ein Raunen und aus den Augenwinkeln sah sie, wie Logan seine Hand auf sein Gewehr legte. Durch ein kleines, aber bestimmtes Kopfschütteln von Maddie legte er seine Hand wieder an die Zügel seines Wallachs.

Jetzt gab es für Maddie nur noch eine Möglichkeit, aus dieser heiklen Situation rauszukommen.

Die Flucht nach vorne.

„Kann man mit dem großen Häuptling immer noch nicht vernünftig reden, ohne dass er gleich seine Waffe zieht?", sagte Maddie mit einem ruhigen Ton.

„Sie wissen ganz genau, warum ich mit der Waffe auf Sie ziele. Wir haben noch eine Rechnung zu begleichen."

„Da bin ich anderer Meinung. Ich dachte, wir hätten das damals ein für alle Mal geklärt, nachdem Sie selbst den Fehler begangen haben, mein Pferd zu stehlen."

Ein kurzes Zucken mit seiner linken Augenbraue und Maddie wusste, dass sie auf dem richtigen Weg war. Ganz schwach konnte man noch die schräge Narbe über seinem linken Auge erkennen, die der Häuptling damals seinem eigenen Handeln zu verdanken hatte. Er hatte sich mit Silas angelegt und den Kürzeren gezogen.

„Die Wut meines Pferdes haben Sie schon auf sich gezogen. Möchten Sie auch noch die Wut der ganzen U.S. Army auf sich und Ihre Männer verschulden?"

Maddie saß kerzengerade auf Silas' Rücken, starrte in die Augen des Häuptlings und ließ ihn auch nicht nur einen Funken von Angst spüren. Innerlich jedoch zitterte sie. Sie wusste, dass Silas sie verteidigen würde, jedoch hatte auch er keine

Chance gegen eine Kugel. Die Tatsache, dass sich die Soldaten hinter ihr benahmen und ihren Anweisungen, sich ruhig zu verhalten, Folge leisteten, beruhigte sie in gewissem Maße. Das Letzte, was sie jetzt wollte, war eine Schießerei zwischen den Soldaten und den Indianern.

„Vor ein paar jungen Männern, die glauben, sich in unserem Land behaupten zu können, haben wir doch keine Angst", sagte der Häuptling herablassend.

„Sie sollten sich auch nicht vor unserer Truppe fürchten, sondern vor dem, was passiert, wenn Sie uns jetzt tatsächlich angreifen. Das Fort erwartet uns und sie wissen, welchen Weg wir genommen haben. In kürzester Zeit würden sie uns finden und binnen einiger Stunden würde Ihr gesamter Stamm untergehen. Tausende Soldaten würden in Ihrem Lager einmarschieren."

Häuptling Pontiac trieb sein Pferd leicht an und kam Maddie mit gezogener Waffe immer näher. Silas war kurz vorm Explodieren und sie würde ihn nicht mehr lange zurückhalten können. Die Wut des Häuptlings auf Silas war groß. Der Hass von Silas auf den Häuptling der Comanchen war jedoch größer. Je näher der Indianer auf sie zukam, desto mehr Zorn stieg in Silas auf. Nur die Tatsache, dass er Maddie blind vertraute und ihr Gehorsam schenkte, hielt ihn davon ab, den Häuptling auf seinem kleinen Mustang anzugreifen.

„Du hast schon recht, kleines Mädchen, deinen tapferen Soldaten kann ich nichts tun. Dir jedoch schon."

„Wenn Sie sich da so sicher sind, dann schießen Sie doch. Auch ich unterstehe dem Schutz der U.S. Army und wenn mir etwas geschieht will ich nicht in Ihrer Haut stecken."

Hinter sich hörte Maddie Logan mit den Zähnen knirschen. Auch er und seine Männer konnten sich kaum noch beherrschen.

Maddie starrte direkt in den Lauf des Revolvers, welchen der Häuptling auf sie richtete. Sie hatte keine Angst um sich selbst, sondern um ihr Pferd und ihre Begleiter. Die Zeit schien stillzustehen. Man hörte keinen Mucks. Keiner, weder Soldaten noch Pferde, machten einen Atemzug.

Und so abrupt, wie der Häuptling die Waffe gezogen hatte, ließ er sie plötzlich auch wieder sinken und steckte sie zurück in die Halterung.

„Heute, kleines Mädchen, hast du mehr Glück als Verstand. Sei dir darüber im Klaren, dass ich bei unserer nächsten Begegnung keine Gnade mehr walten lasse, egal, wie viele Beschützer du um dich rum hast." Mit diesen Worten ließ er seinen Mustang wenden, stieß einen schrillen Schrei aus und galoppierte mit seinen Männern davon.

Kapitel 7

Madelyn

Maddie wusste nicht, wie lange sie den Indianern noch nachgeschaut hatte. Sie starrte auf den hohen Fels aus rot-meliertem Sandstein, hinter welchem die Reiter verschwunden waren. War das gerade die Wirklichkeit? War das eben wirklich passiert? Sie sollte froh sein, dass die Situation so glimpflich ausgegangen war und weder die Indianer, noch die Soldaten ihre Beherrschung verloren hatten. Häuptling Pontiac war kein Mann, der einen nur ein bisschen einschüchtern wollte. Er war eher die Art Mann, der Nägel mit Köpfen machte. Warum hatte er sich so schnell zurückgezogen?

Hoffentlich werden wir nie eine Antwort auf diese Frage erhalten.

„Maddie?"

Sie blickte sich um. Hinter ihr sah sie dreizehn Männer, in deren Gesichtern sich sowohl Angst, als auch Erleichterung abzeichnete.

„Alles in Ordnung?"

Ihr Blick wanderte zu Logan. In seinen sonst so harten und versteinerten Gesichtszügen glaubte Maddie so etwas wie Sorge zu erkennen. Sie sah, wie er seine Finger so fest um die Zügel klammerte, dass die Fingerknöchel schon weiß hervortraten. Auch ihn hatte die ganze Situation nicht kalt gelassen.

„Wir müssen weiter, so schnell wir können. Wenn der Häuptling seine Männer zur Verstärkung zusammentrommelt, können wir uns auf etwas gefasst machen."

Sie drehte sich nach vorne, tätschelte Silas, der vor Aufregung schweißgebadet war, kurz seinen Hals und trieb ihn an. Im rasenden Galopp preschten sie vorwärts und flogen über die Hochebene, welche sie zuvor erreicht hatten. Dies war ihre Art, ihren Kopf frei zu bekommen und wieder klare Gedanken zu fassen.

Erst, als sie aus den Augenwinkeln bemerkte, dass die Männer immer weiter zurückfielen, ließ sie Silas langsamer laufen. Kurz hatte sie vergessen, dass die anderen Pferde nicht hier aufgewachsen waren und sich auf den steinigen und unebenen Untergründen schwer taten, wodurch sie deutlich langsamer und schneller müde waren als Silas.

Sie parierte ihren Schwarzen durch und wartete, bis die Kompanie sie eingeholt hatte.

„Noch gut eine Stunde, dann sind wir aus dem Gebiet der Comanchen raus und können unser Nachtlager aufschlagen."

Der Rest des Weges verlief schweigend.

Auch nachdem sie den von Maddie ausgewählten Schlafplatz erreicht hatten, wussten die Soldaten nicht recht, was sie mit sich anfangen sollten. Die Zelte waren rasch aufgebaut und binnen Minuten brannte wieder ein kleines Feuer, eingefasst von einem großen Kreis aus Steinen. Das Essen, welches diesmal aus Kartoffeln, Karotten und Lammfleisch bestand, brachte auch keine freudigen Gesichter zum Vorschein.

„Maddie." Alex setzte sich neben sie auf einen Felsen. „Was ist da vorhin passiert?"

Und wie aus dem Nichts, als wären diese Worte ein geheimes Kommando gewesen, redeten auf einmal alle durcheinander.

„War das wirklich der Häuptling der Comanchen?"

„Wieso war er hier in dieser Gegend?"

„Was hat er gegen uns?"

„Warum ist er so feindselig?

„Ich dachte, wir überbringen den Friedensvertrag?"

Überwältigt von so vielen fragenden Gesichtern, lautem Stimmenwirrwarr und hektischen Menschen um sie herum sagte Maddie laut: „Ok, ok. Hört auf! Bitte. Ich werde euch alles erzählen und eure Fragen so gut ich kann beantworten."

„Wir haben keine Zeit für Geschichten. Wir sollten schlafen gehen und uns auf den morgigen Tag vorbereiten." Logan lehnte an einem abgestorbenen Stamm etwas abseits der Runde und hatte die Hände in die Hüften gestemmt.

„Wenn es dich nicht interessiert, was ich zu sagen habe, kannst du gerne deinen Schlafsack nehmen und dich dort drüben zwischen den Felsen verkriechen." Wütend funkelte Maddie ihn an und zeigte mit der ausgestreckten Hand in die Dunkelheit.

„Ich wollte doch nur …"

„Was wolltest du nur, Logan?"

„Du kannst deine Geschichte genauso gut morgen erzählen, meine Männer haben einen langen Tag hinter sich und ich finde, wir sollten neue Kräfte sammeln."

„Als könnten wir jetzt einschlafen, Logan, nach dem, was vorhin passiert ist", mischte Phil sich mit einem harschen Ton ein. „Uns interessiert es eben, was es mit diesem Häuptling auf sich hat. Ich war ja der Meinung, wir bringen den Friedensvertrag zwischen der U.S. Army und den Indianerstämmen und dass wir nicht in Gefahr sind. Maddie kann uns bestimmt erklären, warum die Comanchen uns trotz alledem angreifen wollten."

„Jetzt komm runter, Phil. Wenn ihr eine Gute-Nacht-Geschichte hören wollt, dann bitte." Er ließ sich auf einem kleinen Fels zwischen den Männern nieder und schaute Maddie erwartungsvoll an.

Ist es strafbar, jemanden zu erwürgen?

Maddie schüttelte diesen Gedanken von sich und begann zu erzählen.

„Als allererstes, Phil, um deine Frage zu beantworten: Häuptling Pontiac hat nicht uns angegriffen, sondern Silas und mich! Ich denke, dass er genau gewusst hat, dass wir den Vertrag überbringen wollen. Er ist zwar ziemlich streitlustig und ein riesiger Egomane, aber er ist ganz sicher nicht dumm. Hätte er euch heute noch mehr gedroht oder gar den ersten Schuss gewagt, wäre er Gefahr gelaufen, nicht nur den Zorn der U.S. Army auf sich zu ziehen, sondern auch den der anderen Indianerstämme. Wir haben lange für den Friedensvertrag gekämpft und alle, nun ja, fast alle, wollen, dass er jetzt auch endgültig unterzeichnet wird."

Maddie blickte in schweigende Gesichter, seufzte innerlich und rief sich die schmerzhaften Erinnerungen ins Gedächtnis.

„Damals, vor einigen Jahren, kam ein kleines, schwarzes Fohlen zur Welt. Es war das erste Fohlen des berühmten Zuchthengstes Alikaio und der Stute Caminja. Der Hengst gehörte dem Häuptling der Cheyenne, Faroi, einem der größten und mächtigsten Stämme hier in den Rocky Mountains. Caminja stammte ebenfalls aus der Zucht des Häuptlings, jedoch gehörte sie offiziell seinem Sohn. Viele Jahre hatten sie versucht, mit den beiden ein Fohlen zu zeugen, denn Faroi versprach sich aus dieser Kreuzung das prächtigste Pferd, das sein Stamm je gesehen hat. Ein Pferd, eines Häuptlings würdig.

Eines Tages klappte es, die Stute wurde trächtig und gebar einige Monate später einen Hengst. Das Fohlen wurde zu einer kleinen Sensation und seine Geburt sprach sich bald im ganzen Land herum.

Von Anfang an war zu vernehmen, dass es mit diesem Pferd nicht einfach werden würde, denn schon bald war klar, dass es mehr Freiheitswillen in sich trug als die meisten anderen Pferde, die der Stamm je gezüchtet hatte. Es ließ sich weder anfassen, noch am Strick führen. Wer für den Futterdienst eingeteilt war, riskierte mehr oder weniger sein Leben. Einmal brauchte es sage und schreibe drei Männer und zwei Stunden, bis sie ihm ein Halfter angelegt hatten. Faroi und sein Sohn versuchten alles, um den kleinen Hengst zu zähmen. Die Indianer haben sehr viel Erfahrung mit dem Ausbilden ihrer Pferde, umso mehr ärgerte sich der Häuptling, dass es mit diesem nicht klappte. Die Monate zogen ins Land, ohne dass sich auch nur ein einziger Indianer auf seinem Rücken halten konnte. Stur warf er jeden ab, der auf ihm saß. An einen Sattel war gar nicht zu denken. Die Indianer griffen zu immer härteren Mitteln, um ihn zu bändigen, und so verlor der Hengst schnell jegliches Vertrauen in die Menschen.

Zu diesem Zeitpunkt war ich mit meinen Eltern bei den Comanchen und verbrachte, wie jedes Jahr, den Sommer dort. Eines Tages sah ich, wie einer der Krieger mit einem Ast auf den Hengst einschlug, als Strafe dafür, dass dieser ihn gebissen hatte. Ich, mit meinen jungen Jahren, lief zu diesem Krieger, nahm ihm den Stock aus der Hand und schrie ihn an, wie er dem armen Pferd nur so etwas antun könne. Der verärgerte Mann war entsetzt über meine vorlaute Art, denn bei den Indianern mussten sich die Frauen den Männern noch fügen und gehorchen. Er holte gerade mit der Hand aus und wollte mir eine ordentliche Backpfeife verpassen, als der junge Hengst herangeprescht kam und den Krieger mit einem Tritt rücklings gegen den Zaun des Korrals schleuderte. Fluchend, aber deutlich verängstigt, machte er sich schließlich aus dem Staub."

Ab diesem Zeitpunkt war es um Maddie und Silas geschehen. *Sie* hatte den kleinen Hengst verteidigt und *er* hatte sie vor einer Tracht Prügel beschützt. Nach diesem Vorfall traute sich keiner der Krieger mehr in Silas' Nähe, was Maddie umso mehr Zeit allein mit dem ungestümen Jährling brachte.

Die Wochen vergingen und ihre Verbindung wurde immer stärker. Es dauerte einige Zeit, bis er ihr sein volles Vertrauen schenkte, aber von da an konnte sie nichts mehr trennen. Er ließ sich von Maddie anfassen, streicheln und striegeln. Selbst das Reiten war irgendwann kein Problem mehr. Zuerst ohne, dann mit Sattel. Er duldete sie auf seinem Rücken, verstand sie blind und gehorchte ihr aufs Wort. Silas wurde zu Maddies bestem Freund.

Häuptling Faroi hatte Maddie schon als Kind auf Händen getragen. Sie war zwar keine Indianerin, jedoch war sie wie eine großgezogen worden. Ihre Eltern waren beide Geschichtslehrer und wurden durch Recherchen und Aufklärungsarbeiten Freunde der Cheyenne. Jedes Jahr verbrachten sie viele Monate bei dem Stamm, wohnten und lebten dort wie die Indianer. Maddie lernte, wie man sich auf die Lauer legt, Spuren liest und mit Waffen umgeht. Ihrer Mutter wäre es natürlich lieber gewesen, sie hätte zusammen mit den anderen Mädchen vom Stamm kochen, sticken und haareflechten gelernt, aber Maddie fühlte mich zwischen Pferden, Dreck und der unendlichen Weite dieses Landes wohler.

Häuptling Faroi bemerkte schnell das unsichtbare Band, welches Silas und Maddie schon damals verbunden hatte. Eines Tages nahm er Maddie zu Seite und erklärte ihr, wie selten es so eine starke

Verbindung zwischen Pferd und Reiter gebe und dass das etwas ganz besonderes sei. Er schenkte ihr Silas, das Pferd, welches eigentlich er, als Oberhaupt der Indianer, für sich selbst gezüchtet hatte. Maddie erntete viele neidische Blicke und so wie Silas' Geburt, sprach sich auch schnell herum, dass der Hengst nun im Besitz einer jungen Frau war, die noch nicht einmal eine Indianerin war. Mit Silas an ihrer Seite machte Maddie sich Feinde. Denn viele Krieger waren neidisch, wollten ebenfalls ein so stolzes Pferd besitzen und gönnten es keiner kleinen Göre.

Eines Nachts geschah dann das Unvermeidliche. Die Comanchen griffen die Cheyenne an und plünderten ihr Zuhause. Sie nahmen alles mit, was sie greifen konnten, stürmten mit ihren Pferden mitten durch das Dorf und waren so schnell wieder verschwunden, dass die Cheyenne nicht den Hauch einer Chance hatten.

Mit ihnen war auch Silas verschwunden.

Noch in derselben Nacht machten sich die Krieger der Cheyenne auf den Weg, sich bei den Comanchen zu rächen und zurückzuholen, was ihnen gehört. Natürlich war auch Maddie mit von der Partie, denn um keinen Preis gab sie ihren Silas kampflos auf. Ihr war egal, in welche Gefahr sie sich begab, sie wollte nur ihren besten Freund zurück.

Da sie nur ein kleiner Reitertrupp war, holten sie die Comanchen rasch ein. Sie wollten gerade einen Plan schmieden, wie sie die feindlichen Indianer, welche einige hundert Meter vor ihnen Rast machten, überlisten sollten, als ein schrilles Wiehern zu ihnen durchdrang.

Silas.

Unachtsam trieb Maddie ihr Pferd, welches ihr eine der Frauen des Stammes geliehen hatte, an und sprengte auf die Feinde zu. Hinter ihr die Truppe der Cheyenne. Sie sah Silas vor sich, wie er sich aufbäumte, schnaubte und mit den Vorderhufen bedrohlich nach den Männern trat. Diese hatten keine Chance, den aufgebrachten Hengst im Zaum zu halten und flüchteten in alle Richtungen. Nur einer, Häuptling Pontiac, wollte nicht aufgeben. Mit Tränen der Angst in den Augen konnte Maddie dem Schauspiel nur zusehen. Die restlichen Männer der Cheyenne hatten inzwischen die Krieger der Comanchen vertrieben und sammelten ihr Hab und Gut ein. All das bekam Maddie nur aus den Augenwinkeln mit. Ihre Aufmerksamkeit war nur auf Silas gerichtet. Das Weiß in seinen Augen, die angelegten Ohren und die aufrechte Haltung – alle seine Sinne waren auf Verteidigung eingestellt. Er wollte den Häuptling beißen, jedoch war dieser schnell und geschickt im Ausweichen. Pontiac versuchte, mit einer Hand das Lasso, das er um Silas'

Hals geworfen hatte, festzuhalten und schlug mit der anderen mit einem Stock auf ihn ein. Plötzlich richtete sich Silas auf, stieg und versetzte dem Häuptling mit seinen Hufen einen Tritt mitten ins Gesicht. Genau dort, wo noch heute eine Narbe zu sehen ist. Pontiac taumelte rücklings, verlor dabei den Halt und fiel zu Boden.

Das Spektakel war vorbei.

Wenn Maddie heute an diese Nacht zurückdachte, stiegen ihr die Tränen in die Augen, welche sie mit aller Macht versuchte, zu verdrängen. Inzwischen hatten sich Alex und Phil links und rechts neben sie platziert und hielten sie fest im Arm.

So wie echte Freunde.

„Es geht noch weiter", fuhr Maddie ihre Geschichte fort. „Wir beeilten uns, dass wir zurück zum Stamm kamen, wo wir freudig erwartet wurden. Mir war klar, dass das nicht das Ende war. Mein Pferd hatte den Häuptling der Comanchen besiegt und ihn vor den Augen seiner Männer bloßgestellt. Stolz ist eine der Eigenschaften, die die Indianer in einem großen Ausmaß besitzen. Alle wussten, Pontiac würde sich rächen.

Und so kam es. Einige Wochen später wurden meine Eltern und ich in den frühen Morgenstunden von einem starken Rauchgeruch geweckt. Draußen vor unserer Hütte hörte man laute Stimmen durcheinanderschreien und Menschen umherlaufen.

Feuer.

Die Hütte neben unserer brannte lichterloh. Die heißen Flammen ragten meterhoch in den Himmel. Die Rauchschwaden brannten in unseren Lungen, als wir versuchten, den Brand zu löschen. Jeder packte mit an. Wir bildeten Ketten, um die Eimer mit Wasser vom Brunnen bis zur Hütte zu befördern.

Eines der Kinder der Familie, welcher diese Hütte gehörte, war nicht mehr auffindbar. In der gleichen Sekunde wie ich registrierten auch meine Eltern den Ernst dieser Situation. Beide rannten, ohne nachzudenken, Hand in Hand Richtung Feuer und erklommen durch den Hintereingang die Hütte. Ich stand davor, ähnlich wie bei dem Geschehnis mit Silas einige Wochen zuvor, unfähig, mich zu bewegen. Ich hatte Todesangst. Von allen Seiten liefen auch einige der Krieger in die Hütte, um zu helfen. Das Feuer breitete sich mehr und mehr aus und griff immer weiter um sich. Die kleinen Wassereimer reichten nicht aus, um die Flammen einzudämmen und so ließ man es einfach geschehen. Es war nicht das erste Mal, dass eine Hütte brannte. Die offenen Lagerfeuer vor den Behausungen wurden oft nicht richtig ausgetreten und wenn der Wind dann ungünstig durchs Land zog, sprangen schnell Funken über. Jeder wusste, dass die Ursache für dieses Feuer jedoch keine alte Feuerstelle war. Es war eindeutig Brandstiftung und mit Sicherheit hatten sich die Verantwortlichen nur in der Hütte geirrt. Sie wollten nicht die Indianerfamilie verletzen, sondern mich.

Die Minuten verstrichen und mit jeder wurde die Angst um meine Eltern größer. Dann sah ich meinen Vater mit einem kleinen Bündel im Arm aus den Rauchschwaden auftauchen. Hustend und von oben bis unten voller Asche. Er hatte das kleine Mädchen gerettet."

Maddie versuchte nun erst gar nicht mehr, ihre Tränen zurückzuhalten. Sie zitterte am ganzen Körper und ihre Hände waren schweißnass. Keiner der Männer sagte auch nur ein Wort. Alle hingen wie gebannt an Maddies Lippen. Sie senkte den Kopf und sah auf ihre sandigen Schuhspitzen hinab.

„Meine Mutter kam nicht mehr aus dem Feuer raus. Sie hat es nicht überlebt."

Kapitel 8

Madelyn

Maddie blickte in die Gesichter der Männer. Gesichter voller Traurigkeit. Gesichter voller Schmerz. Gesichter voller Mitleid. Gesichter voller Unverständnis.

„Jetzt kennt ihr die Geschichte. Meine Geschichte. Ab jetzt verliert keiner mehr ein Wort darüber."

Damit stand sie auf, schlüpfte in ihr Zelt und vergrub sich in ihrem Schlafsack.

Sie hörte noch lange die Stimmen der Männer, jedoch sprachen diese bedacht leise und so konnte Maddie, zu ihrer Erleichterung, nicht viel von den Inhalten der Konversationen verstehen. Ihr war klar, dass Silas und sie das Gesprächsthema waren, aber sie konnte es den Soldaten auch nicht verübeln.

Was war eigentlich in sie gefahren?

Sie kannte diese Männer doch gar nicht und trotzdem gingen ihr die Worte leicht über die Lippen. Noch nie hatte sie jemandem diese Geschichte so ausführlich erzählt. Nur Lucy, ihre ehemals beste Freundin, konnte ihr ein paar Details über den Tod ihrer Mutter entlocken.

Warum also hatte sie die Geschichte jetzt erzählt?

Sie wusste es nicht.

Sie wusste nur, dass sie jetzt hier lag, mitten in der Wildnis, einsam in einem kleinen Zelt mit fremden Männern drum herum. Tränen rannen ihr über die Wangen und landeten auf dem kleinen Kissen, welches sie auf Reisen immer dabei hatte. In Situationen wie diesen wünschte sie sich manchmal, nicht alleine zu sein. Ab und zu erwischte sie sich sogar dabei, wie sie sich ihren Vater an ihre Seite wünschte. Diesen Gedanken verwarf sie aber meist schnell wieder. Ihr Vater würde ihr auch keinen ausreichenden Trost spenden können, zumal er der war, der damals in seiner Traurigkeit versunken war.

Maddie schluchzte gerade erneut, als sie bemerkte, dass der Reißverschluss ihres Zeltes geöffnet wurde.

„Maddie?"

Es war Logan.

„Mmmhh."

„Bist du noch wach?"

„Nein."

„Können wir kurz reden? Bitte?"

„Nein."

„Aber …"

Maddies Kopf fuhr hoch. „Ich sagte nein!"

„Ok", sagte er und verschwand wieder in der Dunkelheit.

Logan war mit Abstand der Letzte, den sie jetzt gebrauchen konnte. Wahrscheinlich wollte er ihr nur wieder irgendwas reindrücken und auf seine arroganten Sticheleien konnte Maddie im Augenblick getrost verzichten.

Irgendwann musste sie eingeschlafen sein, denn sie schreckte plötzlich aus dem Schlaf hoch. Durch die grünen Seiten ihres Zeltes sah sie das Flackern des Lagerfeuers.

Was zur Hölle? Warum brennt denn das Lagerfeuer wieder? Es muss doch schon mitten in der Nacht sein!

Stöhnend, von Kopfschmerzen der Trauer geplagt, setzte sie sich auf und lugte aus dem Eingang des Zeltes. Logan saß, eingemummt in seinen Schlafsack, neben dem Lagerfeuer und wärmte offensichtlich gerade seine Hände.

Richtig. Sie hatte vergessen, dass Logan ja gar kein Zelt hatte. Die Nacht war wolkenlos und deshalb auch bitterkalt. Kälter als die letzten Nächte, in denen meist eine dünne Wolkenschicht die Wärme der Erde zurückhielt.

Ein Funken Mitleid durchströmte Maddie. Sie lag eingekuschelt in ihrem warmen Zelt und Logan musste draußen frieren. Kurz überlegte sie, ob sie ihm anbieten sollte, zu ihr hereinzukommen. Dann wiederum wandelte sich das Mitleid wieder in Wut um. Sie wollte schon in der vergangenen Nacht ihr Zelt mit Logan teilen, aber sein übernatürlich großes Ego ließ ihn nicht ja sagen.

Einige Augenblicke schwankten ihre Gefühle zwischen Mitleid und Wut hin und her.

Innerlich seufzte sie.

Ich bin zu gut für diese Welt.

„Logan", sagte sie, nur halblaut, um die anderen nicht zu wecken.

Logan fuhr mit aufgerissenen Augen herum. Sie hatte ihn offensichtlich aus irgendwelchen Gedanken gerissen.

„Spinnst du? Wieso erschreckst du mich so?" Er zog sich den Schlafsack enger um die Schultern.

„Komm rein ins Zelt", sagte Maddie.

„Nein, es geht mir gut hier draußen."

„Es geht dir gut da draußen?" Maddie konnte sich ein kurzes Schmunzeln nicht verkneifen.

„Wirklich?"

„Wirklich", antwortete er stur.

„Logan, mach dich nicht lächerlich. Es ist arschkalt. Vollkommen unnötig, dass du dir deine Zehen abfrierst."

„So kalt ist es nicht!"

„Doch, genau so kalt ist es."

„Maddie, ich will nicht zu dir ins Zelt kommen!"

„Du willst nicht zu mir …? Na vielen Dank auch. Es liegt also an mir. Wusste nicht, dass ich wirklich so schlimm bin." Beleidigt war Maddie bereits dabei, den Reißverschluss des Zelteinganges wieder zu schließen, als aus Logans Richtung ein leises „Entschuldigung" kam.

„Wie bitte?"

„Maddie, es tut mir leid, so meinte ich das nicht. Es liegt ganz bestimmt nicht an dir. Es ist nur die Tatsache, dass du ein Mädchen, entschuldige, eine Frau bist und es dann ganz bestimmt morgen keinen größeren Tratsch unter meinen Männer geben wird als unsere gemeinsame Nacht im Zelt."

Maddie sprang auf und stürmte auf Logan zu.

„Jetzt hör mal gut zu, Logan. Nur weil ich eine Frau bin und du ein Mann bist, können wir die Nacht nicht im gleichen Zelt verbringen? Es ist mir absolut egal, was die anderen sagen oder denken! Aber es ist mir nicht egal, dass du dir irgendwelche Erfrierungen holst und wir dich ab morgen ohne Zehen oder kleinen Finger mit ins Fort schleppen müssen. Also schluck dein Ego runter und komm ins Zelt!" Sie machte auf dem Absatz kehrt.

„Maddie, ich …"

„Nichts ich!", unterbrach sie ihn. „So dumm kannst du doch nicht sein? Ich biete dir einen Platz in meinem warmen Zelt an und anstatt dankend anzunehmen, hast du Angst davor, was deine Männer sagen könnten?"

„Ich hab keine Angst! Es gehört sich nur nicht, in das Zelt einer Frau zu schlüpfen."

Oh. Besitzt Logan etwa so etwas wie Anstand?

„Gott, da soll nochmal jemand sagen, Frauen seien kompliziert." Mit diesen Worten ging Maddie zurück zu ihrem Zelt, hielt die Öffnung weit auf und deutete nach innen.

„Komm jetzt!"

Nach kurzem Zögern setzte sich Logan endlich in Bewegung.

Es ist eindeutig die falsche Uhrzeit, um solche Diskussionen zu führen.

„Du kannst dich ja morgen früh wieder rausschleichen. Ich werde auch keinem erzählen, dass du eingeknickt bist", sagte Maddie und konnte sich ein verschmitzten Lächeln nicht verkneifen. Sie wusste nicht, wie sie den Ausdruck daraufhin in Logans Gesicht deuten sollte. War es Ärger oder doch ein kurzer Anflug von Belustigung?

„Maddie, können wir nochmal kurz über vorhin sprechen?", fragte Logan, als sie nebeneinander in ihren Schlafsäcken lagen.

„Nein, Logan. Ich habe alles dazu gesagt." Damit drehte sich Maddie um, starrte die dunkle Wand an und fiel wenig später in einen traumlosen Schlaf.

Offensichtlich hatte Logan sie beim Wort genommen und sich frühzeitig wieder aus dem Zelt geschlichen. Maddie konnte ihren Augen nicht trauen, als sie die aufgehende Sonne hinter den Bergen sah, nachdem sie aus ihrem Zelt geschlüpft war. Wie spät war es? Seit wann war sie denn unter die Langschläfer gegangen? Vermutlich war sie nur so erschöpft von den Ereignissen vom Vortag, dass sie so gut geschlafen hatte.

Auch aus den anderen Zelten krochen langsam aber sicher alle Soldaten heraus. Logan hatte schon angefangen, den Haferbrei für das Frühstück vorzubereiten.

„Phil!", hörte man Alex laut rufen. „Phil, komm schnell!"

„Was gibt es denn?", fragte Phil atemlos, nachdem er von den Pferden zu Alex gesprintet kam.

„Ich glaube, ich träume noch. Kannst du mich mal kneifen?"

„Ich versteh nur Bahnhof."

„Sieh dir das doch mal an! Seit wann kümmert sich Logan um das Frühstück?"

Und in diesem Augenblick erntete er schallendes Gelächter von allen Seiten.

Logan erhob sich aus seiner bückenden Position und ging, mit dem Gesichtsausdruck des Todes, geradewegs auf Alex zu.

Oh, oh. Jetzt möchte sicher keiner in Alex' Haut stecken.

Maddie stieß einen Seufzer aus und verdrehte die Augen. Sie machte sich, wie offensichtlich alle anderen auch, gefasst auf ein Donnerwetter – schon wieder.

„Ach Alex, du hast ja vollkommen recht. Keine Ahnung, was in mich gefahren ist. Ab jetzt übernimmst du jeden Tag das Frühstück", flötete Logan mit einem Augenzwinkern und sah in die verdutzen Augen seines Freundes.

„Manno, ich hatte gehofft, du bekommst jetzt endlich mal richtig eins auf die Nüsse." Phil stemmte enttäuscht die Hände in die Hüften, lachte dann aber in Richtung Alex. „Logan scheint definitiv mit dem falschen Fuß aufgestanden zu sein, so gut gelaunt wie der heute ist."

„Aufpassen Leute!", rief Alex in die Runde. „Keine Scherze mehr. Bitte. Reißt euch zusammen. Logan ist heute einen Funken weniger schlecht gelaunt als sonst. Das könnte fatale Folgen mit sich bringen!"

„Spar dir deinen Sarkasmus, Alter." Logan boxte ihm die Faust in die Seite, konnte sich das Lachen jedoch ebenfalls nicht verkneifen.

Das Frühstück, welches im Übrigen von Alex vollendet wurde, verlief soweit ganz friedlich. Es wurde getratscht und gelacht und Maddie war froh darüber, dass sie keiner auf ihre gestrige Geschichte ansprach.

Kapitel 9

Logan

Wortlos löffelte Logan seinen Frühstücksbrei in sich hinein. Er saß etwas abseits von den anderen. Über die kleine Reiberei mit Alex konnte er nur schmunzeln. Tatsächlich war er heute erstaunlicherweise sehr gut gelaunt, was ihn selbst ziemlich wunderte. Die Nacht im Zelt hatte ihm einen guten Schlaf gebracht, obwohl er noch lange wach gelegen hatte. Er hatte Maddie beim Schlafen beobachtet und seine Gedanken hatten ihn zu ihrer Geschichte zurückgeführt. Er empfand ehrliche Bewunderung für ihren Mut, ihre persönliche Vergangenheit mit ihm und den anderen Soldaten zu teilen. Es musste für sie sehr schmerzhaft gewesen sein, sich in diese Situation zurückzuversetzen und passende Worte für ihre Erzählung zu finden. Er hatte an seine Familie und an sein Zuhause gedacht. Nicht nur Maddie hatte eine dunkle Last mit sich zu schleppen, denn auch Logan hatte miese Jahre hinter sich. Nur war er noch nicht bereit, seine Geschichte mit der Welt zu teilen.

Auch die Begegnung mit dem Häuptling der Comanchen hatte Logan nachdenklich gemacht. Er gab es ja zu – er hatte schon etwas Angst gehabt, als dieser Indianer mit seinem Gefolge immer näher gekommen war. Er und seine Truppe waren zwar ausgebildet und wussten sich zu verteidigen, doch echte Indianerkrieger wahrhaftig vor sich stehen zu haben, war dann doch nochmal eine ganz andere Nummer. Er hatte weniger Angst um sich selbst gehabt, als um Maddie. Im ersten Moment hatte Logan sich hilflos gefühlt, denn Maddie hatte am Kopf der Truppe gestanden, dem Häuptling direkt gegenüber. Sie hätte den ersten Schuss abbekommen, falls es seitens der Indianer zu einem gekommen wäre. Logan, der mit seinem Pferd hinter ihr gewesen war, hätte sie so nicht beschützen können.

Im Nachhinein betrachtet war seine Sorge um Maddie vollkommen unbegründet gewesen. Die Kleine wusste, wie sie mit den Indianern umgehen musste, und zeigte keinerlei Furcht – auch nicht, als der Häuptling sein Gewehr gegen sie erhoben hatte. Gleichzeitig hatte sie es auch noch geschafft, ihren Silas im Griff zu halten. Sogar von hinten hatte Logan gesehen, dass sich das Pferd in ein explosives Pulverfass verwandelt hatte. Er gab es ungern zu, aber in diesem Moment änderte sich seine Einstellung zu Madelyn Wilson maßgeblich. Sie war keine verwöhnte Göre, die sich nur wichtig machen wollte. Sie wusste, was sie tat, reagierte richtig und war die Einzige, die die Truppe im Ernstfall beschützen konnte.

Logan hatte größten Respekt vor ihr.

Inzwischen fühlte er sich mies. Er hatte Maddie von Anfang an unfair behandelt – und das nur, weil er sie zu sehr mit seiner Vergangenheit verglichen hatte. Er sah ein, dass sich sein Verhalten ihr gegenüber ändern musste, denn sie hatte es nicht verdient, nur angemotzt und missachtet zu werden. Er nahm sich fest vor, sich zu ändern. Wenn es ihm auch noch so schwer fiel.

Nach dem Frühstück machte sich die Truppe auf, um ihre nächste Etappe zu überwinden. Den Mount Albiro. Er war zwar nicht der größte Berg in dieser Gegend, aber mit Sicherheit einer der gefährlichsten. Nachdem Maddie im Camp in ihrer kurzen Ansprache den Berg erwähnt hatte, hatte Logan danach im Internet recherchiert. Eigentlich wollte er sich und den anderen nur beweisen, dass *das Mädchen* falsch lag und so ein Berg doch kein Hindernis für sie darstellte, jedoch musste er sich eingestehen, dass Maddie Recht hatte. Es war schwierig, den Berg zu besteigen – erst recht zu Pferd. Verzweifelt hatte er im Internet nach einer Karte oder einer Beschreibung gesucht, die ihnen die beste Route rauf und auch wieder runter zeigen sollte. Aber er konnte nichts finden. Absolut nichts.

Und so saßen sie jetzt hier, auf den Rücken ihrer Pferde, der mächtige Felsbrocken vor ihnen und mal wieder würden sie sich voll und ganz auf Maddie verlassen müssen. Diese schien jedoch nicht den Ansatz von Verzweiflung in sich zu tragen. Logan ritt schweigend neben ihr und betrachtete sie von der Seite. Ab und zu ertappte er sie dabei, wie sie mit Silas sprach. Er konnte nicht verstehen, was sie zu ihm sagte, denn sie redete in einer ihm unbekannten Sprache.

Vermutlich eine Sprache der Indianer.

„Maddie, weißt du, wie wir da hochkommen sollen?", fragte Logan sie, als die Truppe am Fuße des Berges angekommen war.

„Warum wundert mich diese Frage nicht, Logan?", gab Maddie zurück. „Immer noch keinerlei Vertrauen in mich?" Sie verdrehte die Augen.

„Doch, ich vertraue dir", antwortete Logan sanft und blickte sie an. Für einen kurzen Augenblick verlor er sich in ihren Augen. Der wunderschöne goldene Schimmer darin, wenn die Sonne im richtigen Winkel schien, war ihm bis jetzt gar nicht aufgefallen. Er betrachtete ihr markantes Gesicht und ihre sonnengeküsste Haut. Ihre Haare hatte sie unter ihrem beigen Hut zu einem Zopf gebunden, der ihr weit über den Rücken fiel. Er entdeckte ein kleines Muttermal an ihrem Hals, welches die Form eines Herzens zu haben schien.

Himmel, für wie lange hatte er Maddie jetzt an-
gestarrt?

„Alle absitzen", rief sie in die Runde. Die Männer taten, was sie sagte, und führten ihre Pferde
von da an am Strick. Einen Augenblick blieb Maddie vor dem Felsen stehen, legte die Hand an ihre
Stirn als Sonnenschutz und betrachtete den vor
ihnen liegenden Weg. Wenn man das Weg nennen
konnte. Es war mehr ein winziger Steig, der sich
steil den Berg hinaufschlängelte. Schotter, Steine
und stacheliges Gestrüpp erschwerten das Ganze
noch zusätzlich.

„Na, sieht doch gar nicht so schlecht aus", kam
es von Maddie.

„Bist du in der Sonne erblindet, Maddie?", fragte
Alex, der hinter Logan und Phil sein Pferd führte.
„Das ist doch nicht dein Ernst, dass wir da hoch
sollen?"

Er erntete zustimmendes Raunen aus den Reihen
der Soldaten.

„Was habt ihr denn? Der Weg sieht weit besser
aus, als ich ihn in Erinnerung habe." Maddie verzog ihre Lippen zu einem Grinsen. „Habt ihr etwa
Angst?"

„Du brauchst gar nicht so schadenfroh zu grinsen, Prinzessin. Selbstverständlich haben wir keine
Angst", entgegnete Logan mit einem Augenzwin-

kern in Richtung Alex. „Ladies first." Er zeigte mit der Hand den steilen Steig hinauf.

„Klar doch", rief Maddie fröhich und begann den Anstieg. Sie hatte Silas nicht am Strick, sondern ließ ihn frei laufen. Dieses Pferd war wirklich unglaublich. Langsam bahnte es sich seinen Weg durch das Geröll, bis sie den Gipfel des Felsens erreicht hatten. Trittsicher setzte es einen Fuß vor den anderen. Die Soldaten und die anderen Pferde taten sich da weitaus schwerer, jedoch erreichten alle unversehrt den höchsten Punkt.

„War doch gar nicht so schwer, oder?" Maddie lachte.

Was für ein schönes Lachen sie doch hatte.

Logan ertappte sich dabei, wie er sie angrinste. „Jetzt müssen wir nur auch noch unversehrt runterkommen", stellte er fest.

„Ich würde euch empfehlen, eure Pferde auch frei zu lassen. Runter gibt es keinen Steig, da muss sich jeder selbst seinen Weg suchen. Lasst die Pferde vorangehen und folgt ihren Spuren." Maddie blickte in die Runde.

„Ihr habt sie gehört, Leute." Logan band als erstes seinen Braunen los und ließ ihn laufen.

Schweißgebadet waren nach kurzer Zeit alle auf der anderen Seite des Berges wieder sicher im Tal angekommen. Kleinere Blessuren wie aufgeschürf-

119

te Knie vom Geröll oder ein paar Kratzer vom Gestrüpp konnten leicht verkraftet werden.

„Das habt ihr wirklich gut gemacht, Jungs", rief Maddie in die Runde.

„Wir hatten ja auch eine gute Führerin." Alex und Phil klopften ihr anerkennend auf die Schulter und auch Logan nickte ihr dankend zu. Er war beeindruckt, wie unerschrocken die Kleine doch war und wie locker sie solche Hürden meisterte.

Kapitel 10

Madelyn

Der restliche Tag versprach, ruhiger zu verstreichen. Die Pferde waren brav, trotz der Hitze, unter der sie ihre Weiterreise angetreten hatten, und die Stimmung der Gruppe war ausgelassener als in den Tagen zuvor. Auch Maddie, froh auf andere Gedanken zu kommen, brachte sich in einige Gespräche ein, lernte die Männer besser kennen und erfuhr einige neue Sachen. Zum Beispiel hatte Alex, so erfuhr sie von Phil, bis vor ein paar Monaten überhaupt nichts mit Pferden am Hut gehabt und hatte riesige Angst vor ihnen. Er war mehr oder weniger gezwungen worden, sich dieser Kompanie anzuschließen. Phil und Logan waren seine besten Freunde und er wollte nicht, dass er alleine im Fort zurückbleiben musste.

Irgendwie süß.

Und Phil, erfuhr sie im Gegenzug von Alex, hatte sich bereits wochenlang vor dem Trip über die engen Reithosen beschwert. Es würde überall nur zwicken, alles einklemmen und außerdem sähen sie dämlich aus. Als er mal ein Wochenende nach Hause zu seinen Eltern fuhr, ließ er sich die Hose von seiner Mutter weiter nähen.

So ein Mädchen. Aber auch irgendwie süß.

Die Stunden vergingen. In der größten Mittags-
hitze suchte sich die Truppe wie gewohnt ein
schattiges Plätzchen unter einem Felsvorsprung.
Einige der Soldaten dösten, andere saßen beisam-
men und plauderten und wieder andere spülten das
Geschirr vom Mittagessen. Maddie saß am Flussufer und ließ ihre nackten Füße in das kühle Nass
hängen. Die letzten Stunden führte ihr Weg durch
trockene und karge Gebiete. Umso schöner war
jetzt das Gefühl der Abkühlung. Der Colorado River war für diese Gegend wirklich Gold wert. Er
versorgte eine Vielzahl an Pflanzen und Tieren mit
überlebensnotwendigem Wasser. Er bot Lebens-
raum für Fische, Frösche und alles, was sich sonst
noch im Wasser tummelte. Immer wieder er-
staunte es Maddie, wie unterschiedlich die Natur in
den Rocky Mountains war. Von trockener Wüste
über saftige Wiesen bis hin zu grünen Wäldern. In
der Ferne beobachtete sie zwei Falken, die sich um
Aas stritten, als Logan neben sie trat.

„Darf ich?", fragte er und deutete auf den Platz
neben ihr.

„Klar."

Es vergingen einige Minuten, bis Logan den
Kopf zu ihr drehte und sie anschaute. „Maddie, ich
wollte mich entschuldigen."

Kurz dachte Maddie, sie hätte sich verhört und das Rauschen des Flusses hätte seine Worte verdreht.

„Wie bitte?" Auch sie schaute Logan nun direkt an.

„Es tut mir leid."

„Was tut dir leid?"

„Alles." Logan rieb sich den Nacken. „Mein Verhalten dir gegenüber."

Als Maddie nicht antwortete, fuhr er fort. „Von Anfang an hatte ich nur Vorurteile und habe dir gar keine Chance gegeben. Ich wollte … ich habe …" Es fiel ihm sichtlich schwer, Worte zu finden. „Ich war ein verdammtes Arschloch und das tut mir sehr leid." Mit diesen Worten stand er auf und ging wieder zurück zu seinen Männern. Maddie starrte auf den Platz, wo Logan gerade noch gesessen hatte, und wusste nicht recht, was sie jetzt machen sollte. Sie hatte mit Vielem gerechnet, aber nicht, dass Logan sich bei ihr entschuldigte.

Wobei das ja höchste Zeit war.

Er hat ihr auch keine Chance gegeben, darauf zu reagieren. Das musste Maddie jetzt erst mal verarbeiten.

Es vergingen noch zwei Tage, in denen, außer ein gewaltiger Sonnenbrand an Phils Armen und einem großen blauen Fleck am Oberschenkel von Logan, nicht viel Aufredendes passierte. Phil war selbst schuld an seiner verbrannten Haut, denn er hatte sich nicht genügend eingecremt. Und Logan, tja, er hatte das unfreiwillige Vergnügen, den Boden zu küssen, nachdem sein Pferd vor einer Klapperschlange gescheut hatte. Zur Verwunderung aller hat er sich sein darauffolgendes Fluchen über den schmerzenden Fuß schnell in schallendes Gelächter über sich selbst entwickelt.

Inzwischen fand Maddie es eigentlich ganz angenehm, mit den Männern zu reisen. Sie hatten eine gute Zeit, interessante Gespräche und ausgezeichnetes Essen. Maddies anfängliche Sorgen, dass die Soldaten eher eine Last auf der Reise werden könnten, waren rasch verflogen und sie genoss die Zeit, in der sie nicht alleine war. Auch Logan war ihr gegenüber freundlich, wobei freundlich ein weit ausgedehnter Begriff war. Jedoch schien er seine Entschuldigung ernst zu meinen, denn er verhielt sich definitiv nicht mehr wie ein absolutes Arschloch.

Die letzte Nacht, bevor sie im Fort ankommen würden, versprach, angenehm mild zu werden, denn der Himmel war mit dicken Wolken bedeckt.

„Logan?", sagte Maddie, die neben ihm in ihren Schlafsack gewickelt im Zelt lag. „Danke."

„Wofür?" Logan drehte sich zu ihr und stützte sich auf seinem Unterarm ab.

„Für deine Entschuldigung. Wir haben nicht mehr darüber gesprochen, aber ich habe mich sehr darüber gefreut."

„Dafür brauchst du dich nicht zu bedanken. Es hätte gar keine Entschuldigung zu geben brauchen, wenn ich mich nicht wie ein Trottel aufgeführt hätte."

Die letzten Nächte hatte Logan ohne Widerstand in Maddies Zelt geschlafen, jedoch ließ er es sich nicht nehmen, vor allen anderen aufzustehen, um somit jegliche blöden Kommentare zu vermeiden.

„Warum hast du dich dann so verhalten?"

„Nicht nur du hast eine Geschichte, Maddie." Logan drehte ihr wieder den Rücken zu, was Maddie signalisierte, dass er nicht weiter reden wollte.

„Aufstehen, Prinzessin", drang Logans belustigte Stimme laut in Maddies Ohren. Offensichtlich hatte Maddie schon wieder verschlafen. Wie konnte ihr das nur passieren? Sie war doch sonst so eine Frühaufsteherin. Aber die letzten Nächte schlief sie außergewöhnlich gut, was sie von den Nächten der letzten Jahre nicht behaupten konnte. Lag wahrscheinlich einfach an der vertrauten Umgebung.

„Ja, ja." Nachdem sie verschlafen aus dem Zelt gekrochen war, Phil ihr eine heiße Tasse Kaffee und ein Brötchen in die Hand gedrückt und sie den Spott der Männer über sich ergehen gelassen hatte, saß sie auf Silas` Rücken und führte die Truppe Richtung Osten. Heute war der Tag, an dem sie endlich das Fort erreichen würden.

In der Mittagspause hatten alle den Befehl von Logan erhalten, sich zu kultivieren, die Satteltaschen zu sortieren und frische Kleidung anzuziehen.

„Wir müssen doch ein ordentliches Bild abgeben, wenn wir ins Fort einreiten und seien wir ehrlich, in den letzten Tagen haben wir uns ziemlich gehen lassen." Er sah an sich selbst herab und grinste über sein halb aufgeknüpftes Hemd, seine verwuschelten Haare und seinen Dreitagebart, der einer dringenden Rasur bedurfte.

Bei den anderen Männern war ein ähnliches Bild zu erkennen. Auch Maddie wechselte die Kleidung, flocht ihre langen Haare zu einem Zopf zusammen und putzte sich den Staub von den Schuhen.

Dass man Maddie und die Soldaten im Fort bereits erwartet hatte, war allen klar. Das Aufgebot, welches sich den Reitern bot, als sie das hölzerne Tor passierten, haute Maddie jedoch fast aus dem Sattel. Über 200 Soldaten, alle akkurat bekleidet in der kompletten Uniform der U.S. Army, inklusive

Schutzwesten, Sicherheitsstiefeln und dicken ledernen Handschuhen.

Himmel, wen meinen denn die zu erwarten, um so einen Aufzug zu rechtfertigen?

Die Männer standen im Spalier, starrten alle stur geradeaus und salutierten.

Angeführt von Logan, der offensichtlich nicht ganz so irritiert vom Anblick des Empfangskomitees war wie Maddie, bahnte sich die Reitertruppe ihren Weg durch die Soldaten, bis sie vor einem hochgewachsenen Mann zum Stehen kamen. Logan sprang aus dem Sattel und salutierte. Alex, Phil und die anderen Reiter taten es ihm gleich. Maddie dachte nicht im Traum daran, vor diesem Mann zu salutieren, *sie war doch nicht eine von seinen Soldaten*, und reichte ihm stattdessen die Hand. Während er sich ihr als Major Andrew Stockins vorstellte, betrachtete sie unauffällig sein Erscheinen. Er war größer als die meisten hier anwesenden Männer, hatte nur noch wenige Haare am Kopf und seine Backen glühten von der brütenden Hitze. Neben Logan, der zu seiner Rechten stand, wirkte er dünn und untrainiert und seine buckelige Körperhaltung ließ auf einige harte Zeiten in seiner Vergangenheit schließen.

Maddie lächelte ihn höflich an, stellte sich ebenfalls vor und ließ sich von ihm mit Komplimenten überhäufen.

„Ich ziehe meinen Hut vor Ihnen, Miss Wilson, dass eine so junge hübsche Dame es durch diese Wildnis bis in unser bescheidenes Fort geschafft hat."

„Danke, Major Stockins, aber ich war ja nicht allein auf meiner Reise. Ihre tapferen Soldaten hatten stets ein waches Auge und ich fühlte mich bestens aufgehoben", flötete Maddie in hohen Tönen. Ein kurzer Blick zu Logan verriet ihr, dass zumindest er den Sarkasmus aus ihren Worten deutlich herausgehört hatte, und ließ sie grinsen.

Sollte Major Stockins nur in dem Glauben bleiben, dass sie ein kleines unerfahrenes Mädchen wäre.

„Sergeant Baker." Er wandte sich an Logan. „Übernehmen Sie doch die Versorgung von Miss Wilsons Pferd. Ich glaube, die Dame möchte sich nach der langen Reise etwas frischmachen."

„Ich denke nicht, dass ich das machen werde", entgegnete Logan und Maddie wunderte sich über seinen Mut, einem Major einfach so zu widersprechen.

„Ist mir herzlich egal, was Sie denken, Sergeant. Sie haben zu tun, was ich Ihnen sage."

„Bei allem Respekt, Major Stockins, ich hatte schon das Vergnügen mit diesem Hengst, und alles andere, als Miss Wilson selbst die Versorgung von ihm zu überlassen, wäre glatter Selbstmord."

Ein Schmunzeln schlich sich durch die Reihe von Logans Männern.

„Meine Güte, das ist doch nur ein Pferd! Ich dachte, Sie wurden in den letzten Monaten im Umgang mit ihnen geschult?"

Der Major wollte schon in die Zügel von Silas greifen, als Maddie sich einschaltete. „Ich versorge mein Pferd sehr gerne selbst, und ich bitte Sie, den Worten von Logan Glauben zu schenken. Der arme Mr Fellow hätte schon fast einen Finger verloren bei dem Versuch, Silas aus dem Hänger zu entladen." Maddie setze ihren unschuldigsten Blick auf.

„Meinetwegen, wenn Sie es so wünschen. Sergeant McQueen wird Sie zu den Stallungen führen und Ihnen anschließend Ihre Unterkunft zeigen. Wir haben für Nachmittag eine Sitzung einberufen, bei der wir gerne mit Ihnen bezüglich des Friedensvertrages sprechen möchten."

„Vielen Dank, Major Stockins", sagte Maddie, nickte ihm zu und folgte dem besagten Sergeant McQueen in Richtung Stallungen.

„Du hast ganz schön Eier in der Hose, Maddie, den Major so hinters Licht zu führen. Der meint ja du wärst ein kleines, unschuldiges Mädchen", sagte Alex belustigt zu Maddie.

„Wäre es dir lieber gewesen, ich hätte ihm gleich auf die Nase gebunden, dass wir fast mit dem Häuptling der Comanchen zusammengekracht wären oder dass wir uns beinahe um Tage verspätet hätten, wenn wir uns dank Logans toller Karte und seinem überdimensional großem Ego verirrt hätten?"

„Hey!", warf Logan grinsend ein. „Mein überdimensional großes Ego und ich haben uns schon bei dir entschuldigt! Wir können ja nicht alle eine Landkarte mit den besten Abkürzungen in unserem Gedächtnis haben. Außerdem wundert mich sowieso, wie dein kleines, süßes Köpfchen den Weg hierher gefunden hat. Jeder verdammte Stein und jede Wegkreuzung hat für mich gleich ausgesehen."

Süßes Köpfchen?

Irritiert über Logans Worte wollte Maddie ihm schlagfertig Paroli bieten, wurde jedoch von McQueen unterbrochen, der abrupt stehen geblieben war und mit der Hand in eine helle und offene Stallgasse zeigte. „Hier könnt ihr eure Pferde absatteln und einstellen. Alle Boxen sind bereits neu eingestreut und verfügen über frisches Wasser und ein Bündel Heu."

Nachdem alle Tiere versorgt waren, machten sie sich auf den Weg zu den Gästeunterkünften, währenddessen machte Maddie sich ein ausgiebiges Bild vom Fort. Es war aufgebaut wie eine Art Festung. Eine meterhohe hölzerne Wand zog sich um das ganze Gelände und in jeder der vier Ecken ragte ein Wachturm in den Himmel, auf dem einige Soldaten stationiert waren. Neben dem Gebäude, in dem ihre Pferde untergebracht worden waren, gab es noch einen anderen, deutlich größeren Stallungstrakt, der mindestens hundert Pferden Platz bieten musste. In der Mitte des Forts lag ein eingezäunter, teils überdachter Bereich, welcher als Koppel diente. Daneben war eine Art Trainingsbereich für die Soldaten, mit Fitnessgeräten, Schießplatz, Boxsäcken und Hindernissen aufgebaut. Am anderen Ende ragte das große Hauptgebäude in die Höhe und rundherum kleinere, einzelne Hütten. Maddie wusste, dass in diesem Haupttrakt die obersten Befehlshaber nächtigten, Sitzungen abhielten und sonstigen, ach so wichtigen Kram darin verrichteten. Vermutlich waren auch die Küche sowie der Speisesaal für die Soldaten in diesem Gebäude. Die kleineren Häuser rundherum entpuppten sich als die Übernachtungsquartiere der Soldaten. Auch Maddie und die Männer wurden dorthin geführt.

„Hier sind die Schlüssel zu euren Hütten. Es stehen insgesamt fünf für euch zur Verfügung", sagte Sergeant McQueen und drückte Logan einen Schlüsselbund in die Hand. „Wir sehen uns am Nachmittag." Er salutierte, drehte sich auf seinen Absätzen um und marschierte davon.

„Ok Leute, teilt euch auf, wie ihr möchtet." Logan verteilte drei Schlüssel an die Männer. „Maddie, hier ist dein Schlüssel, du bekommst natürlich eine Hütte für dich alleine. Auch ich werde mein Quartier alleine beziehen."

Es drangen verächtliche Rufe aus den Reihen der Männer.

Logan lachte nur. „Ich schlaf doch nicht mit euch Schnarchsäcken in einer Hütte"

„Und wir dachten, du teilst dir wieder einen Schlafplatz mit Maddie", rief Alex über die Männer hinweg und erntete dafür Applaus und zustimmende Rufe.

„Was, woher …" Logans Gesicht wurde rot und seine Stirn legte sich in zornige Falten.

„Wir sind vielleicht Schnarchsäcke, aber dumm sind wir mit ziemlicher Sicherheit nicht, Alter." Alex zwinkerte ihm zu und klopfte ihm auf die Schultern.

Ohne noch ein Wort zu sagen, drehte sich Logan um und verschwand in seiner Hütte.

„Entschuldigung, Maddie, dass sollte nicht gegen dich gehen. Natürlich haben wir mitbekommen, dass Logan die Nächte nicht im Freien verbracht hat. Da wäre er ja erfroren. Wir sind mächtig beeindruckt, dass du es geschafft hast, dass er mit dir im Zelt schläft. Wie du vorhin bereits so schön gesagt hast, sein überdimensional großes Ego ist schwer zu bändigen."

„Tja, was tut man nicht alles für das allgemeine Wohl", entgegnete Maddie, welche das ganze Spektakel mit Belustigung beobachtet hatte.

„Dem hast du allemal das Beste herausgeholt. So fröhlich wie in den letzten Tagen haben wir Logan schon lange nicht mehr gesehen."

„Er war ganz bestimmt nicht fröhlicher als sonst, nur, weil er nachts nicht frieren musste."

„Mit dem Frieren hat das ja auch nichts zu tun. Eher mit deiner Gesellschaft." Phil zwinkerte ihr zu.

„Da soll einer die Männer verstehen!"

Kapitel 11

Madelyn

„Schläfst du schon wieder, Prinzessin?"

Logan hatte die Tür zu Maddies Hütte einen Spalt aufgezogen, nachdem sie nicht auf sein Klopfen reagiert hatte.

„Nein."

Logan fuhr herum. „Himmel, musst du mich so erschrecken?"

Maddie stand grinsend hinter ihm und blinzelte unschuldig. „Für einen Soldaten bist du ganz schön schreckhaft. Solltest du dir abgewöhnen." Zwinkernd drehte sie sich um und ging in Richtung des Hauptgebäudes. Auch Logan konnte sich ein Grinsen nicht verkneifen und trottete ihr gemütlich hinterher.

Sie wurden bereits erwartet und in einen prunkvollen Sitzungssaal im zweiten Stock geführt. Dort stellte ihnen Major Stockins einige wichtig aussehende Männer vor, deren Namen Maddie sich gar nicht erst zu merken versuchte. Alle nahmen an einem großen Glastisch in der Mitte des Raumes Platz. Stockins am Kopfende, Maddie und Logan jeweils links und rechts von ihm. Den restlichen Männern schien kein Sitzplatz zugeteilt zu sein.

„Meine Herren, ich bitte um Ruhe. Endlich ist es so weit und wir können mit Stolz preisgeben, dass sich der Friedensvertrag nun in unserem Besitz befindet. Die lange Reise war für Miss Wilson und die Männer des Camp Corall mit Sicherheit eine große Tortur und ich möchte mich im Namen aller hier Anwesenden bei Ihnen bedanken." Er nickte zuerst Logan, dann Maddie zu.

Er plapperte noch einige Begrüßungs- und Eröffnungsworte, denen Maddie jedoch wenig Aufmerksamkeit schenkte. Sie hasste solche Sachen. In einem stickigen Raum an einen Tisch gesetzt und zum Zuhören gezwungen zu werden. Die Tatsache, dass außer ihr nur Männer im Raum waren, konnte Maddies Laune nicht heben. Sie ließ ihre Gedanken schweifen, bis sie plötzlich ihren Namen aus Major Stockins Mund wahrnahm.

„Miss Wilson?"

„Hm, ja?"

„Den Friedensvertrag bitte."

Sie blickte in die gespannten Gesichter.

„Den hab ich nicht hier."

Sie blickte in Logans Richtung und ihr Blick traf den seinen. Unergründlich dunkle Augen blickten sie undurchdringlich an.

Wirklich schöne dunkle Augen.

„Was heißt das, Sie haben den Friedensvertrag nicht hier?" Ihr Blick wanderte wieder zu Major Stockins.

„Na eben genau das. Major Anderson hat ihn in meine Obhut gegeben und dort bleibt er auch bis zu dem Zeitpunkt des Unterschreibens. In diesem Sinne möchte ich mich nun auch schon wieder aus dieser Sitzung verabschieden. Ich bin keine Soldatin und diese militärischen Treffen sind nichts für mich. Bitte besprechen Sie alles, was für Sie nötig ist und geben Sie mir dann Bescheid. Ich werde mich dann um den Kontakt zu Häuptling Faroi bemühen."

Bevor sie aus den Raum flüchtete, sah sie noch kurz zu Logan und erkannte in seinem Gesicht so etwas wie eine stille Zustimmung. Zufrieden mit sich selbst, dass sie endlich den Mut aufgebracht hatte, ihre ehrliche Meinung zu sagen, verließ Maddie das Hauptgebäude und spazierte über das Gelände.

Das Fort war sehr weitläufig und bot einiges zu entdecken. Natürlich machte sie auch bei Silas Halt und steckte ihm ein kleines Leckerli zu. Beim Verlassen des Stalltracktes glaubte Maddie ihren Augen nicht zu trauen. Direkt vor ihr kreuzte eine kleine Gruppe junger Frauen ihren Weg. Ebenso verdutzt wie sie selbst blieben diese abrupt stehen.

Sekundenlang lag ein peinliches Schweigen in der Luft.

„Du musst Maddie sein." Eine der Frauen, mit Haaren, die dem Schwarz der Nacht glichen, kam lächelnd auf sie zu und streckte ihr die Hand entgegen. „Ich bin Joy. Wir haben dich bereits erwartet."

Etwas verwundert reichte Maddie ihr die Hand. „Hallo."

Eine nach der anderen begrüßte Maddie und stellte sich vor.

Ariana.

Nicky.

Amanda.

Lissy.

Emilia.

Clara.

Endlich weibliche Verstärkung inmitten des Testosteronhaufens.

„Es freut mich sehr, euch kennenzulernen. Ich bin nur etwas überrascht, was ihr hier macht? Nichts für ungut, aber wie Soldatinnen seht ihr nicht gerade aus", sagte Maddie lachend.

„Sind wir auch nicht." Clara schüttelte den Kopf.

Oder war es Lissy?

„Wir machen hier ein freiwilliges Jahr und helfen den Jungs in allen Belangen."

Maddies Augen weiteten sich.

„Oh Gott. Nein. Ich glaub, dass kam jetzt falsch rüber."

Die Gruppe verfiel in gackerndes Gelächter.

„Wir helfen beim Kochen, Wäsche waschen, Versorgen der Pferde, Nähen der Uniformen und so weiter. Es ist nicht wirklich die herausforderndste Arbeit, aber es wird uns für unser Studium anerkannt", klärte Joy auf.

„Außerdem", warf Amanda ein, „einen heißeren Job als wir hat bestimmt keine unserer Studienkommilitoninnen", und deutete mit dem Kopf in Richtung des Trainingsplatzes, an dem gerade ein paar Soldaten oberkörperfrei Gewichte stemmten.

Wieder schallendes Gelächter.

„Wir waren gerade auf dem Weg zurück zu unserer Hütte. Möchtest du mitkommen?"

Maddie blickte in fragende Gesichter.

„Klar, sehr gerne. Ihr könnt euch gar nicht vorstellen, wie froh ich bin, endlich ein paar Frauen zu sehen. Das Machogehabe der Männer hätte ich alleine nicht mehr lange ausgehalten."

„Willkommen im Club." Joy zwinkerte, hakte sich bei Maddie ein und zog sie mit sich.

Den restlichen Tag verbrachte Maddie mit den anderen Frauen. Sie tranken Eistee, aßen selbstgemachte Cookies und quatschten stundenlang über alle möglichen Themen. Hauptsächlich natürlich über die *sexy Soldaten*, wie Amanda sie liebevoll nannte.

Spät abends verabschiedete sich Maddie und machte sich auf den Weg zu ihrer Hütte. Sie war todmüde von dem ereignisreichen Tag, jedoch auch sehr zufrieden. Sie hatte nie viele Freundinnen gehabt und nicht oft solche schönen Nachmittage verbracht. Die anderen hatten sie sofort aufgenommen, als wäre sie eine von ihnen.

In Gedanken versunken bemerkte sie nicht, wie eine dunkle Gestalt plötzlich neben ihrer Eingangstür aus dem Schatten trat.

„Wo warst du denn?"

Diesmal war es Maddie, die erschrocken zusammenzuckte. Logan stand mit verschränkten Armen vor ihr und versperrte ihr den Weg.

„Himmel, musst du mich so erschrecken?", äffte sie grinsend Logans Reaktion vom Nachmittag nach.

„Wo warst du?", wiederholte Logan seine Frage.

„Wüsste nicht, was dich das angeht."

„Ich habe dich am ganzen Gelände gesucht. Sogar in Silas' Box hab ich nachgeschaut."

„Dann kannst du ja froh sein, dass du noch lebst."

„Eigentlich war er ganz ruhig und hat meinen Apfel gerne angenommen." Triumphierend hob Logan den Kopf.

Komisch. Normalerweise nimmt Silas nichts von Fremden. Schon gar nicht von fremden Männern.

„Bestechung." Maddie funkelte ihn an.

„Tja, gewusst wie. Aber zurück zu meiner Frage: wo warst du?"

Maddie seufzte. „Bei den Mädels."

Logan zog die Augenbrauen hoch. „Bei den Mädels?"

„Ja genau. Offensichtlich kommt ihr Männer doch nicht ganz ohne das weibliche Geschlecht aus. Sie machen hier ein freiwilliges Jahr und helfen beim Kochen und so weiter."

„Ich weiß. Sag mir das nächste Mal Bescheid, wenn du wieder einen Alleingang planst. Es ist nicht sicher hier für dich alleine."

Ein lautes Lachen drang aus Maddies Mund. „Sicherer als hier in einem Fort, das rund um die Uhr bewacht wird, kann man doch nirgends sein. Außerdem weißt du, dass ich sehr gut auf mich selber aufpassen kann."

„Du hast ja keine Ahnung."

„Nein, hab ich nicht, aber ich bin mir ziemlich sicher, dass mir hier kein Häuptling Pontiac auflauern wird."

„Ich rede auch nicht von Gefahren außerhalb des Forts. Sondern von hier drin."

Maddie schaute ihn verwirrt an.

„Ich dachte, du bist schlau, aber das scheinst du nicht zu kapieren. Es sind hier auf dem Gelände über zweihundert Männer unterwegs und du bist für sie wie gefundenes Fressen. Ein hübsches, junges Mädchen wie du passt genau in ihr Beuteschema."

„Logan Baker, machst du dir etwa Sorgen um mich?" Sie blickte zu ihm auf und schmunzelte.

Diese Augen.

„Ich bin hier, um dich zu beschützen." Abrupt beendete er den Blickkontakt und trat einen Schritt zurück.

„Sag mir einfach Bescheid, wo du dich rumtreibst." Damit drehte er sich um und verschwand in der Nebentür.

Kopfschüttelnd ging auch Maddie in ihre Hütte und lies sich ins Bett fallen. Müde vom Tag, glücklich über den Verlauf des Nachmittages und verwirrt vom Gespräch mit Logan fiel Maddie wenig später in einen tiefen Schlaf.

Die Tage im Fort vergingen sehr schnell. Immer wieder wurde Maddie zu Treffen gebeten, um den bestmöglichen Ablauf der Vertragsunterzeichnung mit dem Häuptling der Cheyenne zu planen. Maddie hielt das alles für schwachsinnige Zeitverschwendung. Faroi würde sowieso nie nach einem Plan der U.S. Army vorgehen. Er würde kommen und gehen, wann und wie er es für richtig hielt. Aber Maddie hatte keine Lust, Major Stockins andauernd widersprechen zu müssen und ließ sich irgendwann nur noch mit Plänen, Aufstellungen und Formationen berieseln.

Die Nachmittage verbrachte sie oft mit den Mädels, die sie immer mehr lieb gewann, oder ritt mit Silas im Fort ihre Runden. Raus durften sie nicht. Strikte Anweisung von Stockins. Maddie war ziemlich genervt über diese Regel, denn eigentlich wollte sie gerne die Gegend erkunden. Auch Silas gefiel diese eingeschränkte Bewegungsfreiheit nicht. Von Tag zu Tag wurde er unruhiger, denn er war es nicht gewohnt, immer nur rumzustehen oder Kreise innerhalb eines eingezäunten Geländes zu ziehen.

Logan verfolgte Maddie immer auf Schritt und Tritt. Er ließ sie quasi nie aus den Augen. In den ersten Tagen störte Maddie das ungemein, aber inzwischen machte es ihr nichts mehr aus. Manchmal war es sogar ganz nett. Logan zeigte ihr viele Dinge auf dem Gelände, brachte ihr einiges über die U.S. Army bei und holte sie oft wieder zurück in die Realität, wenn sie in ihren Tagträumen mal wieder in ihre Vergangenheit abdriftete. Gelegentlich begleiteten auch Alex und Phil sie auf ihren Runden durchs Fort. Maddie erfreute sich jedes Mal an den freundschaftlichen Sticheleien zwischen den dreien. Immer mehr erfuhr sie über ihre langjährige Freundschaft und ihre gemeinsame Zeit bei der U.S. Army. Ab und zu ließ auch Logan seine harte Fassade fallen und stimmte in die unbeschwerte Stimmung mit ein.

Eines späten Abends, nach einem weiteren Treffen mit Major Stockings und seinen Männern, brachte Logan Maddie zurück zu ihrer Hütte. Das war eigentlich nichts Besonderes, wenn man die Tatsache betrachtete, dass sie ja rund um die Uhr von ihm *bewacht* wurde. Doch diesmal war er nicht so schweigsam wie sonst. Er eruierte wortgewandt die vergangenen Stunden im Sitzungssaal und ärgerte sich lautstark über die Engstirnigkeit einiger Männer.

„Maddie", sagte er, „ich bin echt beeindruckt von dir. Du bietest den Männern dort drin wirklich Paroli. Nicht mal ich hab die Eier, ein Wort gegen sie zu erheben. Aber du stehst zu deiner Meinung und vertrittst diese, egal, wer dir gegenübersteht. Allergrößten Respekt." Er legte ihr die Hand auf die Schulter und lächelte sie freundlich an.

Geschmeichelt und zugleich überrascht von Logans Kompliment konnte Maddie nicht verhindern, dass ihre Wangen rot wurden. Peinlich berührt blickte zu Boden.

„Danke."

„Hör mal. Ich weiß ja, wie gern du mal raus aus diesem Fort möchtest. Ich hab da eine kleine Überraschung für dich." Er zwinkerte ihr verschwörerisch zu. „Mach dich morgen früh bereit für einen Ausflug."

Maddies Augen weiteten sich. „Wirklich?" Sie strahlte übers ganze Gesicht. „Was hast du vor?"

„Wirst schon sehen."

„Machst du jetzt ein Geheimnis draus?"

„Du musst ja nicht immer alles wissen." Er lächelte immer noch.

„Du bist ein Arsch." Maddie schnaubte beleidigt und drehte sich weg.

Er stupste sie leicht mit der Schulter an. „Und du eine schlechte Schauspielerin."

In der Nacht schlief Maddie unruhig. War es die Hitze in ihrem Schlafzimmer oder die Aufregung, dass sie endlich mal aus dem Fort rauskam? Sie wusste es nicht.

Früh morgens hörte Maddie ein „hey, Prinzessin. Aufstehen." Logan steckte den Kopf durch die Tür und blickte sich um.

„Nenn mich nicht dauernd Prinzessin", sagte Maddie, die gerade frisch geduscht aus dem Badezimmer kam.

„Aber du schläfst doch oft so gut und lange wie diese Dornröschen-Prinzessin." Da erschien wieder dieses schiefe Grinsen auf Logans Gesicht.

„Spinner."

„Bist du fertig?"

„Klar." Sie hatte ihre gepackte Satteltasche über die Schulter geworfen.

„Hast du einen Badeanzug dabei?"

Maddie glaubte ihren Ohren nicht zu trauen. „Einen was?"

„Einen Badeanzug? Oder Bikini? Oder wie diese Dinger sonst noch so heißen."

„Äh nein, hab ich nicht eingepackt."

„Dann mach das noch." Lässig lehnte er sich mit verschränkten Armen gegen den Türrahmen. Maddie starrte auf seine Oberarmmuskeln, die in dieser Position besonders gut zur Geltung kamen.

„Na, wird's bald?"

Ups.

„Ok, ok." Maddie zuckte kurz, als Logan sie mit seinen Worten aus ihrer Starre zurückholte, lief in ihr Schlafzimmer und holte ihren Bikini aus der Schublade, in welche sie alle ihre Klamotten reingestopft hatte. Gott sei Dank hatte sie ihn zu Hause doch noch schnell eingepackt. Wer rechnete denn auch schon damit, dass man mitten in den Great Plains für einen Bikini Gebrauch finden würde.

„Fertig."

Sie gingen zu den Stallungen und fingen an, ihre Pferde zu bürsten, als ein lautes Gackern an ihre Ohren drang. Mit einem Wumms wurde die Stalltür ruckartig aufgezogen und vor ihnen stand die Mädelstruppe.

„Ihr wolltet doch nicht etwa ohne uns los?" Joy kam auf Maddie und Logan zu und hob bedrohlich den Zeigefinger.

„Doch, eigentlich schon", antwortete Logan ihr überrascht und legte die Stirn in Falten.

„Tja, Logan, dann hättest du deine zwei Buddies nicht in deine Pläne einweihen dürfen. Die haben gestern schön aus dem Nähkästchen geplaudert." Sie grinste.

„Ihr seid ja schon alle hier", kam Alex' Stimme von der anderen Seite des Stalles. „Und ich dachte, wir müssen den hübschen Ladies die Pferde auch noch satteln."

Phil und noch zwei weitere Soldaten, wohlgemerkt alle im Freizeitlook, lugten hinter Alex durch das Stalltor.

„Was macht ihr hier?" Logan funkelte Alex böse an.

„Nach was sieht es denn aus?" Er ignorierte seinen Blick und schlenderte zu seinem Pferd.

„Ich hab euch doch deutlich gesagt, dass ich den Ausflug mit Maddie alleine machen möchte", raunte er Alex leise zu.

„Das hast du, ja. Aber ich habe dir immerhin den Tipp gegeben, mit ihr *dorthin* zu reiten."

Logan verdrehte die Augen. „Du warst ja auch schon mal hier. Ich kenne mich hier nicht aus und habe von dem Ort bisher nur gelesen. Da war es doch naheliegend, dass ich dich um Rat frage, wie es dort so ist."

„Den Rat hast du ja auch von mir bekommen. Und jetzt bist du dran, uns *dorthin* zu führen. Nur, weil ich vor Jahren schon mal im Fort war, heißt das nicht, dass ich mich noch an den Weg erinnern kann. Und so wie ich dich kenne, hast du diesen bestimmt schon ausgekundschaftet." Alex schmunzelte.

„Das stimmt, ja. In den letzten Tagen bin ich schon mal *dort* gewesen." Logan strich sich mit seinem Handrücken den Schweiß von der Stirn. „Ich wollte ja auch nicht wie der größte Idiot vor Maddie dastehen. Immerhin hat sie mir gesagt, dass auch sie südlich des Forts noch nie gewesen ist", flüsterte er Alex zu.

„Na dann - hopp, hopp, wir haben nicht den ganzen Tag Zeit. Und falls du dich doch verirren solltest, haben wir ja auch die Mädels dabei. Die wissen auch, wo es lang geht." Alex drehte sich um, klatschte vergnügt in die Hände und schon fing das Gewusel in der Stallgasse an.

Also war das Gespräch offensichtlich beendet.

Alle putzten und sattelten ihre Pferde und befestigten die Satteltaschen. All das nicht ohne genügend lautstarkem Getratsche.

Frauen halt.

Logan war sein Ärger deutlich anzusehen, denn er fluchte ununterbrochen leise vor sich hin. Auch Maddie erwischte sich dabei, wie ein Funken Enttäuschung in ihr aufstieg. Sie hatte sich auf den Ausflug mit Logan doch tatsächlich gefreut. Aber nichtsdestotrotz würde es auch mit den anderen ein toller Tag werden. Hauptsache raus aus dem Fort.

Kurze Zeit später versammelten sich alle auf dem Platz vor dem Stalltrakt.

„Alle fertig?", rief Alex in die Runde und erntete jubelnde Zurufe aus den Reihen der Mädels.

„Dann auf geht's."

Alex, Phil und die anderen zwei Männer ritten voraus, der wilde Mädelshaufen in der Mitte und Logan und Maddie bildeten das Schlusslicht.

„Maddie, es tut mir leid", sagte Logan, als sie etwas Abstand zu den anderen gewonnen hatten. „Ich wollte dich mit einem Ausflug überraschen und jetzt haben wir die anderen an der Backe." Betroffen schaute er zu Boden.

„Das macht doch nichts, Logan. Es wird bestimmt trotzdem ein schöner Tag. Ich freue mich wirklich, dass wir mal aus dem Fort rauskommen. Silas und ich hätten sonst noch Platzangst bekommen."

„Trotzdem. Eigentlich wollte ich den Tag gerne mit dir verbringen."

Er wollte den Tag mit ihr alleine verbringen?

„Wie hast du das eigentlich geschafft?", fragte Maddie, um vom Thema abzulenken.

„Was geschafft?"

„Na, Stockins hat bestimmt keine Luftsprünge gemacht, als du ihn um einen Ausflug gebeten hast."

„Nun ja, wie soll ich sagen. Gebeten wäre das falsche Wort." Er grinste sie an. „Sagen wir eher, er kann froh sein, dass ich ihn über mein Vorhaben informiert habe."

Maddie warf den Kopf in den Nacken und lachte. „Wer hat jetzt die Eier?"

Sie wartete nicht auf Logans Antwort, sondern trieb Silas an. Sie preschte an den anderen vorbei, hinaus in die weiten Ebenen der Great Plains. Lange hatte sie auf diesen Moment gewartet. Hinter sich hörte sie die jubelnden Schreie der anderen und gleich darauf das Donnern der Hufe. Auch sie trieben ihre Pferde an und so galoppierten sie in waghalsigem Tempo durch die Landschaft. Das Adrenalin schoss Maddie in die Adern und sie und Silas wurden immer schneller. Sie musste ihn nicht treiben, er lief von alleine. Auch er hatte das vermisst. Der Wind in ihren Haaren, die starken Muskeln von Silas unter ihr und der weite Horizont in der Ferne, all das liebte Maddie so sehr. Wie konnte sie nur jahrelang auf das alles hier verzichten?

Seit dem Vorfall mit ihrer Mutter hatte sie sich zurückgezogen. Sie unternahm nur noch kleinere Ausritte, verschloss sich gegenüber allen anderen Menschen und badete oft im Selbstmitleid. Sie hatte das Geschehene nie wirklich verarbeitet. Vielleicht lag es auch daran, dass ihr Vater danach verschwunden war und jeglichen Kontakt zu ihr abgebrochen hatte. Das war für Maddie gleichermaßen unerträgliche wie der Tod ihrer Mutter. Sie hätte ihren Vater gebraucht und sie wusste genau, er hätte auch sie gebraucht.

Sie parierte Silas wieder zum Schritt durch. Hinter sich hörte sie die anderen näherkommen.

„Meine Güte, Maddie, wir wussten nicht, wie schnell Silas ist. Wir hatten keine Chance, mit dir mitzuhalten." Außer Atem brachten auch die anderen ihre Pferde zum Stehen.

„Entschuldigung. Da ist wohl die Freude mit uns durchgegangen", sagte sie und tätschelte Silas den Hals.

„Umso besser, denn jetzt haben wir unser Ziel schon bald erreicht." Logan war neben ihr aufgetaucht. „In ungefähr einer Stunde müssten wir da sein."

Maddie staunte nicht schlecht, als inmitten der eher trostlosen Gegend ein kleines Waldstück auftauchte. Riesengroße Bäume, die gen Himmel wuchsen, grüne Lichtungen, umrandet von einer Vielfalt bunter Wiesenblumen und ein kleiner See, durch dessen glasklares Wasser man bis auf den Grund blicken konnte. Trotz der inzwischen hoch stehenden Sonne waren die Temperaturen hier sehr angenehm und ein kleiner Windhauch streichelte Maddies Gesicht.

„Wow."

„Schön hier, nicht?" Joy hatte ihre Stute neben sie gelenkt.

„Was ist das hier für ein Ort?"

„Das hier nennen wir *Quiet Oasis*. Es ist also unsere Ruheoase, der Ort für eine Auszeit, eine Ablenkung des Geschehens, eine Entführung aus der Wirklichkeit oder wie auch immer jemand es bezeichnen möchte."

„Wir kommen ab und zu her. Meistens schleichen wir uns aus dem Fort, denn eine offizielle Erlaubnis hat außer Logan noch niemand erhalten." Clara nahm einen tiefen Atemzug. „Es ist zwar toll im Fort, aber manchmal braucht es eben mal eine entspannende Abwechslung."

„Ich habe ja schon viel in dieser Gegend gesehen, aber einen solchen Ort findet man selten. Man spürt förmlich die Ruhe und die Kraft, die hier verborgen liegt." Fasziniert beobachtet Maddie den Tanz der bunten Schmetterlinge, welcher sich im Wasser des Teiches widerspiegelte. Es war so unwirklich. Sie steckten jahrelang in vielen Kämpfen, um endlich den Frieden zwischen den Indianern und der U.S. Army zu erlangen. Unzählige Gefechte, körperlich wie auch verbal, wurden ausgetragen. Maddie und ihre Eltern waren immer wieder zwischen die Fronten geraten. Und jetzt stand sie hier, an einem der friedlichsten Orte, an dem sie je war, und alle Sorgen schienen für einen kurzen Moment von ihr abzufallen.

Alle sattelten ihre Pferde ab, rieben die verschwitzten Stellen mit mitgebrachten Handtüchern trocken und banden sie mit Halftern und Stricken locker an den Bäumen fest. Maddie hielt es nicht für notwendig, Silas anzubinden, er würde ohne sie ohnehin nirgends hingehen. Friedlich fing er sofort an zu grasen, nachdem Maddie ihn von seinem Sattel befreit hatte. Ein paar der Mädels zauberten allerhand Snacks und Getränke aus ihren Satteltaschen, während ein paar andere bereits Decken auf dem Wiesenboden ausbreiteten.

„Wer zuerst im Wasser ist", hörte Maddie Phil hinter sich rufen. Alle grölten und jubelten, schmissen ihre Klamotten weg und stürmten in das kühle Nass.

„Komm schon, Maddie, was ist los?" Joy winkte ihr übermütig zu.

Maddie versuchte gerade halbwegs elegant ihre Klamotten gegen ihren Bikini zu tauschen, als sie Logan hinter sich entdeckte.

„Na, Prinzessin? Bist du etwa wasserscheu?"

„Ganz sicher nicht. Hättest du mir im Fort gesagt, dass ich den Bikini bereits anziehen soll, hätte ich mir das umständliche Umziehen hier sparen können und wäre längst im Wasser."

„Wie gut, dass du jetzt fertig bist." Er lächelte verschmitzt, packte Maddie an den Hüften, warf sie über die Schulter und rannte mit ihr in Richtung See.

„Du Arsch. Was fällt dir ein, lass mich runter!" Aber sie konnte über seine Verrücktheit nur lachen und ließ sich von ihm ins kühle Nass werfen.

Ein erfrischender Schauer lief Maddies Rücken hinunter, als Logan sie komplett in das Wasser tunkte. Die Abkühlung tat bei dieser Hitze allen gut.

Sie wollte sich für Logans Überfall rächen und versuchte, ihn unter Wasser zu tauchen.

„Tja, da bist du wohl nicht stark genug", lachte Logan, als er Maddie erneut packte und von sich weg schubste.

„Mädels, helft mir mal!", rief sie laut und sofort schwammen von allen Seiten lachende Köpfe an.

„Hey, das ist unfair", brachte Logan gerade noch raus, bevor sein Kopf unter Wasser gesteckt wurde.

„Man muss sich eben zu helfen wissen."

Maddie klatschte mit den anderen ab, doch lange sollte ihr Sieg nicht währen. Es entwickelte sich eine lustige und laute Wasserschlacht.

Nach einiger Zeit wurde das wilde Treiben ruhiger. Einige schwammen zurück zum Ufer, wo sie Feuerholz für ein Lagerfeuer sammeln wollten, während sich der Rest noch etwas im Wasser treiben ließ. Maddie schwamm ein kleines Stück von den anderen weg und ließ ihre Gedanken wieder einmal schweifen. Sie überquerte den See und entdeckte am anderen Ufer eine kleine Bucht. Sie schwamm dort hin, stieg aus dem Wasser und fand einen umgestürzten Baum, auf dem sie es sich bequem machte. Schmunzelnd schaute sie zu den anderen, deren Lachen man bis hier hören konnte, hinüber. Wie schön war es doch, Freunde zu haben. Es war alles so unbeschwert. Die Tatsache, dass sie sich alle noch nicht wirklich gut kannten, tat dem Spaß keinen Abbruch. Maddie fühlte sich sehr wohl zwischen den verrückten Mädels und den noch verrückteren Jungs. Und auch mit Logan hatte sie endlich Freundschaft geschlossen. Von seiner anfänglichen Abneigung ihr gegenüber war nicht mehr viel übrig. Auch ihn zählte sie inzwischen zu ihren Freunden.

„Was machst du denn hier so weit weg von den anderen?"

Wenn man vom Teufel spricht.

Logan watete aus dem Wasser und setzte sich neben sie auf den Baumstamm.

„Das Gleiche könnte ich dich fragen."

Sie betrachtete ihn aus den Augenwinkeln. Wenn sie dachte, seine Armmuskeln heute Morgen würden sie beeindrucken, hatte sie nicht mit Logans Sixpack gerechnet. Klar definierte Muskeln zeichneten sich ab. Nicht zu viel und nicht zu wenig. Bestimmt ging er jeden Tag zum Training.

Himmel. Was war denn los mit ihr?

„Ich hab dich hier entdeckt und dachte mir, du möchtest vielleicht Gesellschaft?"

„Also hast du mich gesucht?" Sie lachte.

„Na ja, ganz so würde ich es nicht nennen." Er strich sich die nassen Haarsträhnen aus dem Gesicht. „Ich kann auch wieder gehen, wenn du lieber alleine bist?"

„Nein, du kannst gerne bleiben."

„Über was denkst du nach?"

„Über vieles. Ich finde den Ort hier großartig. Man spürt so viel Kraft hier. Er ist etwas ganz Besonderes."

„Genau aus diesem Grund wollte ich dich hier herbringen. Viele sehen diesen Ort nur als Spaß und Ablenkung, aber auch ich spüre irgendeine Energie. die hier ausgestrahlt wird. Sie lässt mich zur Ruhe kommen. Ich weiß, klingt albern, nicht?"

„Nein, gar nicht."

Sie lächelten sich an.

„Eigentlich wollte ich ja auch, dass nur wir zwei herkommen. Ich glaube, dann hätten wir diesen Ort noch besser genießen können. Dass jetzt die anderen auch hier sind und ein wildes Halligalli veranstalten, war so nicht geplant."

„Ist doch nicht so schlimm. Wir haben hier ja einen netten Platz gefunden."

„Nur für uns zwei." Sein Blick wurde tiefer und Maddie verlor sich fast in seinen leuchtenden Augen. „Maddie, ich wollte mich mit diesem Ausflug auch nochmal bei dir entschuldigen, für mein Verhalten am Anfang unseres Trips."

„Das hast du doch schon getan, Logan. Ich bin nicht nachtragend. Alles gut."

„Nein, nichts ist gut. Du bist so ein positiver, netter und hilfsbereiter Mensch, hast eine Bande manierloser Soldaten quer durch die Rocky Mountains geführt und dabei nicht ein Mal über irgendetwas gejammert. Du bist so bodenständig und selbstsicher. Und ich war ein richtiges Arschloch zu dir."

„Danke." Maddie schaute zu Boden. „Warum hast du dich dann so verhalten, wenn du es jetzt bereust?"

Er stieß die Luft aus und schien hin- und hergerissen über seine nächsten Worte zu sein.

„Nicht nur du hast eine schwere Vergangenheit." Sein Blick schweifte in die Ferne und er schien gedanklich abzutauchen. „Vor vielen Jahren hat uns meine Mutter verlassen. Sie ist meinem Vater öfter fremdgegangen und hatte nicht wirklich ein Geheimnis daraus gemacht. Wir wussten es alle, also mein Vater, meine Schwester Katie und ich. Mein Vater wollte sich aber nicht von ihr trennen, da er sie trotz alledem noch vergötterte. Er war blind vor Liebe. Eigentlich ja sehr schön, wenn man einen Menschen nach jahrelanger Ehe noch so liebt wie am ersten Tag, jedoch war es für uns nicht leicht, unsere Mutter immer öfter mit anderen Typen zu sehen. Unser Vater machte einfach die Augen zu und sah alles durch die rosarote Brille. Er ignorierte das Fremdgehen einfach."

Logan ballte seine Hände zu Fäusten.

„Irgendwann hat sie uns dann in einer Nacht- und Nebelaktion verlassen und sich nie wieder gemeldet. Mein Vater suchte monatelang nach ihr, spann sich irgendwelche Entführungsgeschichten und weiß Gott was noch im Kopf zusammen und erfand alle möglichen Ausreden, nur um sich nicht eingestehen zu müssen, dass sie uns freiwillig verlassen hatte. Nach einiger Zeit zerbrach er innerlich und wir mussten ihn für mehrere Monate in ärztliche Behandlung geben. Seine anfängliche Trauer wandelte sich mit der Zeit in Wut und Hass um." Er schluckte. Es fiel ihm sichtlich schwer, darüber zu reden. Maddie legte ihre Hand auf seine. Er blickte sie kurz an und schloss seine Finger um ihre.

„Diese Wut ließ er an meiner Schwester und mir aus. Er vernachlässigte uns über Wochen hinweg. Wir mussten uns in unseren jungen Jahren selbst versorgen und waren auf uns allein gestellt. Meine Schwester kümmerte sich rührend um mich, brachte mich zur Schule und übernahm das Kochen und den Haushalt. Eines Tages aber, es waren schon ein paar Jahre vergangen, überflutete die Wut meinen Vater so sehr, dass er Katie in einem seiner Ausraster ins Gesicht schlug. Katie verlor den Halt und stürzte. Sie brach sich den Arm. Anstatt seinen Fehler einzusehen, lachte mein Vater auch noch über ihre Tollpatschigkeit."

Er seufzte.

„Logan. Du musst nicht weiterreden. Ich sehe doch, wie sehr dich diese Geschichte mitnimmt."

„Ich möchte aber, dass du das hörst. Vielleicht kannst du dann mein Verhalten dir gegenüber ein bisschen verstehen." Mit leeren Augen blickte er wieder in die Ferne. „Solche Gewaltausbrüche kamen immer wieder vor. So gut es ging versuchte ich, alles auf mich zu nehmen und Katie zu schützen. Er schlug mich oder drückte seine Zigarettenstummel auf mir aus. Mir war alles egal, solange er nur Katie in Ruhe ließ. Ich liebte sie mehr als alles andere auf der Welt. Stets habe ich zu ihr aufgesehen und sie bewundert. Ich konnte es nicht ertragen, dass sie verletzt wurde, und hielt somit den Ausbrüchen meines Vaters stand. Diese Narbe", er drehte seinen Rücken zu Maddie und deutete auf eine verkrustete Narbe, die sich von seiner linken Schulter bis zu seinen Rippen hinunter zog, „habe ich auch ihm zu verdanken."

„Oh mein Gott." Maddie traute sich kaum zu flüstern, so schockiert war sie über Logans Geschichte.

„Wir waren jung und wussten uns nicht zu helfen. Er war immerhin unser Vater und wir hätten ihn nie bei der Polizei angezeigt. Aus heutiger Sicht natürlich vollkommen bescheuert. Irgendwann hielt es Katie bei uns zu Hause nicht mehr aus und fing an einem College, das hunderte Kilometer von unserer Heimatstadt entfernt lag, an, zu studieren. Natürlich verstand ich ihre Entscheidung auf irgendeine Art und Weise. Jedoch fühlte ich mich nun auch von ihr verlassen. Zuerst meine Mutter, dann sie. Anfangs hatten wir noch ein bisschen Kontakt, aber sie wollte nicht, dass Vater herausfindet, an welcher Uni sie lebt, aus Angst, er würde sie holen kommen. So brach sie schlussendlich jeglichen Kontakt zu mir ab. Ich blieb nun allein mit meinem gewalttätigen Vater zurück. Inzwischen war ich älter und stärker geworden. Ich ließ mir nicht mehr alles gefallen und schlug auch mal zurück. Eines Abends ging mein Vater wie so oft raus und traf sich mit seinen Freunden in einer Bar. Er verbrachte viel Zeit dort, vermutlich um seinen Kummer und seine Wut im Alkohol zu ertränken. Doch dieses Mal kehrte er nicht mehr zurück. In den frühen Morgenstunden stand die Polizei vor unserer Haustür und teilte mir mit, dass mein Vater betrunken Auto gefahren war und einen Unfall verursacht hatte. Er war auf der Stelle tot."

Maddie schloss die Augen, unterdrückte ihre Tränen und versuchte, Logans Situation auch nur ansatzweise zu verstehen. Ihre Hände schlossen sich enger um die seinen.

„Das Schlimmste war, dass es mir egal war. Insgeheim war ich dankbar, dass der jahrelange Horror endlich ein Ende hatte. Ich hasse mich heute noch dafür, dass ich damals zu schwach war, um Hilfe zu bitten. Mein Vater ist schuld an meiner verkorksten Kindheit. Und er ist schuld, dass Katie mich verlassen hat."

Er hielt ein paar Minuten inne und sammelte sich.

„Ich machte kurz darauf meinen Schulabschluss und ging anschließend zur U.S. Army. Dort lernte ich Alex, Phil und viele andere Jungs kennen. Am Anfang haben sie mir meinen Lebensgeist zurückgegeben. Wir hatten Spaß, schöne gemeinsame Zeiten und tolle Erlebnisse. Die Jahre vergingen, doch statt die Ereignisse aus meiner Familie zu vergessen, kamen sie immer öfter wieder in mir hoch. Zum Leidwesen aller zog ich mich immer mehr zurück, lachte weniger und wurde zu dem sturen Sergeant, der ich jetzt bin. Ich hasste mich selbst dafür, denn Alex und Phil waren mir sehr gute Freunde. Sie versuchten immer wieder, mich aufzuheitern und nahmen meine schlechte Laune einfach so hin. Ich hab ihnen nie wirklich erzählt, was in meiner Kindheit vorgefallen ist, und sie haben auch nie danach gefragt. Sie haben mich einfach so akzeptiert, wie ich bin. Sie sind echte Freunde." Er machte eine kurze Pause und atmete tief ein.

„Und dann bist du aus heiterem Himmel aufgetaucht."

Logan schaute Maddie an. Es war ein sanfter Blick. Ein Blick voller Leid. Ein Blick voller Angst. Ein Blick voller Qualen.

„Als du aus deinem Auto ausgestiegen bist, habe ich kurz den Boden unter meinen Füßen verloren. Ich dachte im ersten Moment, du wärst Katie. Du siehst ihr verdammt ähnlich. Du hast die gleiche zierliche Statur und die gleichen widerspenstigen blonden Locken. Als du dich umgedreht hast, habe ich in deinen Augen leuchtenden Augen einen Ausdruck gesehen, den ich nur zu gut von Katie kannte. Einen unglaublichen intensiven Ausdruck, einen undurchdringlichen. Du musst wissen, Katie wollte auch nach dem Tod unseres Vaters keinen Kontakt mehr zu mir haben. Sie hatte ein neues Leben und hatte mit ihrer Vergangenheit abgeschlossen. Sie wollte mich nicht mehr in ihrem Leben haben."

In Logans Augen sah Maddie eine Träne schimmern. Sie legte ihren Arm um seine Schultern und zog ihn an sich.

„All die Gefühle von früher kamen durch dich so stark wieder in mir hoch und ich wusste nicht, wie ich damit umgehen sollte."

„Logan, dass tut mir furchtbar leid. Es war nicht meine Absicht, dich zu verletzen."

Ein schwaches Lächeln huschte über Logans Lippen. „Du trägst absolut keine Schuld daran. Wie könntest du auch. Aber aus genau diesem Grund verhielt ich mich dir gegenüber wie ein Arschloch. Die Wut, die seit meiner Kindheit in mir schlummert, kam so intensiv wieder hoch, wie ich es jahrelang nicht erlebt habe. Doch nach ein paar Tagen mit dir gemeinsam in den Rocky Mountains habe ich langsam gemerkt, dass du im Grunde ein komplett anderer Mensch bist, als es meine Schwester war. Du hast dich um uns alle gekümmert, hast versucht, uns zu beschützen. Hast dich vor uns gestellt, als wir von dem Häuptling bedroht wurden. Eigentlich sollte das ja unsere Aufgabe sein. Wir sind schließlich die Soldaten und wurden für deinen Schutz abgestellt. Aber für dich war es eine solche Selbstverständlichkeit, dass du dich an unserer Stelle geopfert hättest. Und allem voran hast du nicht locker gelassen und gegen meine Sturheit angekämpft, bis ich neben dir im Zelt lag. Von da an hatte sich meine Meinung zu dir geändert. Meine Schwester hatte mich mir selbst überlassen, doch du würdest für die Menschen, die dich umgeben, alles tun."

„Ach, Logan. Es tut mir so leid, was du erleben musstest. Ich verstehe deinen Schmerz nur zu gut."

„Als du uns nach dem Vorfall mit den Comanchen deine Geschichte erzählt hast und weinend vor uns gesessen hast, wollte ich dich einfach nur in den Arm nehmen. Ich wollte dir deinen Schmerz nehmen. Es tat mir weh, dich so zu sehen, denn ich wusste, was so eine schmerzliche Vergangenheit mit einem anstellt."

„Wir scheinen viel gemeinsam zu haben."

Im gleichen Augenblick fingen beide an zu lachen.

„Das stimmt wohl", sagte Logan und nahm Maddie in den Arm. „Kannst du mir mein Verhalten verzeihen?"

„Da gibt es nichts zu verzeihen." Maddie erwiderte seine Umarmung. Minutenlang verharrten sie in dieser Position und schwiegen. Beide dachten über Vergangenes nach. Durch die Ähnlichkeiten der Erlebnisse und den Verlusten fühlten sie sich einander nahe.

„Danke, dass du mir deine Geschichte erzählt hast." Maddie schaute zu Logan auf und lächelte ihn an.

„Danke, dass du mir zugehört hast." Sein Finger spielte mit einer ihrer blonden Haarsträhnen. Ihre Blicke verschwommen ineinander. Es war, als gäbe es plötzlich nur noch sie beide. Für einen kurzen Moment genossen sie eine Welt, in der es außer ihnen keinen gab. Alles andere um sie herum war vergessen. Maddies Herz schlug schneller. Sie spürte Logans Hand in ihren Nacken wandern. Er beugte sich weiter zu ihr hinunter und …

„Da seid ihr ja! Wir wollten schon eine Vermisstenanzeige aufgeben."

Ruckartig lösten sich Maddie und Logan voneinander. Alex und Joy waren wie aus dem Nichts erschienen.

„Was treibt ihr denn hier? Wir warten mit dem Essen auf euch." Joy stemmte die Hände in die Hüften.

Maddies Wangen wurden rot. Sie war peinlich berührt über die ganze Situation. Was hatten Joy und Alex gesehen?

Nun ja, was gab es denn auch zu sehen?

Logan war gerade dabei gewesen, sie zu küssen!

Die beiden schienen jedoch nichts davon mitbekommen zu haben, denn Joy plauderte munter weiter. „Ihr glaub nicht, was Phil vorhin angestellt hat."

Sie erzählte irgendeine Geschichte, wie Phil versucht hatte, mit seinem Pferd ins Wasser zu reiten, dann aber kläglich runtergefallen war. Oder so ähnlich. Maddie und Logan hörten ihr gar nicht richtig zu.

„Alles gut?" Logan sah Maddie zärtlich an.

„Das müsste ich dich fragen."

„Komm, gehen wir zu den anderen." Gleichzeitig erntete Alex, der gebannt an Joys Lippen hing und ihrer Geschichte lauschte, einen grimmigen Blick von ihm.

„Lass gut sein, Joy. Ich bin mir sicher, Phil wird uns die Geschichte gleich aus seiner Sicht erzählen." Mit diesen Worten nahm er Maddies Hand und wollte sich mit ihr auf den Weg zurück zu den anderen machen.

„Logan, warte nochmal kurz, bitte." Joy hielt ihn am Arm fest.

„Was gibt es denn noch?"

„Können wir kurz reden?"

„Ich denke, das ist nicht der richtige Zeitpunkt."

„Für dich ist nie der richtige Zeitpunkt." Joy verdrehte die Augen und stieß einen tiefen Seufzer aus.

Mit fragendem Gesichtsausdruck sah Maddie zwischen den beiden hin und her.

„Ich möchte jetzt mit Maddie zum Lagerfeuer zurückschwimmen", sagte Logan daraufhin kurz angebunden, drückte Maddies Hand. „Komm", sagte er sanft in ihre Richtung, ging los in Richtung Ufer und ließ Joy einfach stehen.

Kapitel 12

Madelyn

Maddie verstand die Welt nicht mehr. Sie saß, umzingelt von den Mädels, am Lagerfeuer, dessen Flammen so hoch in den Himmel ragten, dass man Angst um die darüber hängenden Äste haben musste, im Schneidersitz im Sand. Sie starrte durch die flackernden Lichter hindurch zu Logan, der auf der anderen Seite auf dem Boden saß.

Vor ein paar Tagen konnte sie Logan nicht leiden. Sie empfand nichts außer Verachtung ihm gegenüber, was er sich ja schließlich selbst zu Schulden hatte gekommen lassen.

Nein. Moment. Bis vor ein paar Wochen *kannte* sie Logan noch überhaupt nicht. Vor kurzem war sie noch in ihrer kleinen Wohnung und verbarrikadierte sich vor der Außenwelt. Und jetzt saß sie hier inmitten der schönsten Natur, umringt von lachenden Menschen. Unter ihnen Logan, gegen den sich ihre Verachtung inzwischen in ein anderes Gefühl verwandelt hatte. In ein schönes Gefühl. Sie fühlte etwas Wärmendes in ihrem Brustkorb und eine innere Ruhe hatte sich in ihr breitgemacht.

Jedes Mal, wenn ihr Blick auf Logans traf, sah sie in seinem Gesicht ein kleines Lächeln und eine

Sanftheit in seinem Ausdruck, die ihr einen Schauer über den Rücken laufen ließ.

Verwirrt über ihre Gefühle und über sich selbst schüttelte sie ihre Gedanken von sich und beteiligte sich an den Gesprächen mit den anderen. Eigentlich war sie gerade eben noch enttäuscht gewesen, dass Logan und sie am anderen Seeufer gestört worden waren, doch sie konnte dem lustigen Treiben und den ausgelassenen Lachen nicht lange widerstehen. Wieder und wieder verwickelte sie jemand in ein Gespräch und zu Maddies Begeisterung waren es wirklich interessante Unterhaltungen. Die Mädels erzählten über ihr Studium, ihre Familien, ihre Freunde zu Hause und natürlich über ihre erfolglosen vergangenen Ereignisse mit irgendwelchen Jungs. Die Schlussfolgerung war, dass sie es irgendwann leid waren, noch einen Gedanken an das männliche Geschlecht zu verschwenden und stattdessen lieber über Make-Up und Haare zu diskutieren begannen.

„Na hört mal." Phil rief von der anderen Seite des Lagerfeuers herüber. „Die Geschichten über eure verflossenen Lieben haben uns mehr interessiert als das Geschwätz darüber, wer die schönsten Strähnchen in den Haaren hätte."

„Habt ihr etwa gelauscht?", fragte Clara und starrte ihn mit erbostem Blick an.

„Sicher nicht mit Absicht." Phil lachte. „Aber bei eurer Lautstärke blieb uns leider nichts erspart."

Er erntete zustimmende Zurufe aus den Reihen der Männer.

„Ihr habt ja nur nichts Besseres zu tun, als uns zuzuhören", rief Joy.

„Nun ja", Alex stand auf, „das stimmt sogar. Was sollen wir sonst schon tun hier? Ist ja nicht so, als wäre hier in der Nähe eine Kirmes, auf der wir uns vergnügen könnten. Wir Männer können halt nicht stundenlang an einem Stück vor uns hinquatschen."

„Außer, euch hat niemand gefragt. Dann gebt ihr gerne zu allem und jedem euren Kommentar ab." Jetzt war es Joy, die von allen ein zustimmendes Lachen erhielt.

Die Sticheleien gingen noch eine Weile hin und her, bis sich die vorher getrennten Grüppchen untereinander vermischten.

„Hey."

Maddie bemerkte, wie Logan sich neben sie setzte.

„Selber hey", sagte sie mit einem Grinsen.

„Lust auf Marshmallows?" Logan öffnete gerade eine kleine Tüte und bot Maddie an, sich ein paar Stück zu nehmen.

„Hast du denn genug für alle dabei? Denn sobald wir die hier auspacken, kannst du dich vor den anderen bestimmt nicht mehr retten."

„Nein. Ich habe nur für dich und mich gepackt. Die anderen müssen sich schon mit mir prügeln, wenn sie auch welche haben möchten." Er nahm ein Marshmallow aus der Packung und spießte es auf einen Stock auf.

„Na dann hoffen wir mal, dass keiner so dumm ist, sich mit dir anzulegen." Auch sie pickte sich eines raus und hielt es über die Glut des Lagerfeuers.

„Ansonsten hab ich immer noch dich, die mich im Notfall bestimmt retten könnte." Logan zwinkerte Maddie zu.

Wieso zu Hölle wurde ihr denn jetzt schwummrig?

„Tja, da muss ich dich enttäuschen. Mein Revolver steckt leider in meiner Satteltasche."

„Du bist ja mutig. Sitzt hier mitten in der Wildnis, ohne, dass deine Waffe in Reichweite ist", sagte Logan mit einem unüberhörbarem sarkastischen Unterton.

„Wenn uns jetzt jemand überfallen sollte, musst halt du diesmal mich beschützen."

„Das würde ich doch glatt machen." Logan rutschte ein Stück näher.

„Her mit den Marschmallows!"

Und schwups, schon war die Tüte nicht mehr in Logans Besitz, was ihm jedoch herzlich egal zu sein schien.

„Immerhin haben wir eines ergattert." Maddie lachte.

„Das ist schon mehr, als ich erwartet habe."

„Wie schaut es eigentlich mit dem Heimweg aus?", fragte Maddie, während sie in ihr inzwischen etwas verbranntes Marschmallow biss.

„Willst du schon wieder zurück?" Logan sah sie traurig an.

„Nein, aber ich habe kein Zelt dabei, in das ich dich für die kalte Nacht schleifen könnte."

Dafür erntete sie einen sanften Hieb gegen den Oberarm. „Hey!"

„Aua, das hat voll wehgetan."

„Wirklich, Maddie, das hat dir wehgetan?" Logan lachte laut auf.

Maddie rieb sich mit gequältem Gesichtsausdruck den Arm. „Ja, Logan, ich habe furchtbare Schmerzen." Aber auch sie konnte sich ihr Lachen nicht verkneifen.

„Es gefällt mir, dass du nicht so wehleidig bist wie die anderen Mädchen ... Frauen ... Entschuldigung. Von denen hätte ich dafür eine ordendliche Standpauke kassiert."

„So, so. Du boxt anderen Frauen also öfter einfach mal so in den Arm?" Maddie zog die Augenbrauen hoch.

„Maddie, ich würde einer Frau niemals wehtun. Das musst du mir glauben! Das gerade war ... war nur ..." Logan fuhr sich nervös durch die Haare und rang nach Worten.

„Kleiner Scherz, Logan. Keine Panik. Ich glaube, dass hinter deiner harten Schale ein ganz passabler Kerl steckt." Sie knuffte ihn in die Schulter.

„Nur passabel?" Logan setzte seinen unschuldigsten Blick auf und zwinkerte Maddie zu.

„Zum aktuellen Zeitpunkt ja, passabel. Aber wer weiß, was sich noch ergibt." Sie schenkte ihm ein Lächeln.

Logan strich mit seiner Hand über Maddies Arm. „Ich hoffe, die Schmerzen sind nicht mehr allzu groß?"

Etwas irritiert über die Berührung musste Maddie erst mal ihre Gedanken sortieren. In ihrem Magen flatterte etwas.

„Ich werde es überleben", gab sie mit heißerer Kehle zurück.

Es war nicht mehr lange Zeit, bis die Sonne endgültig hinter den weit entfernten Berggipfeln unterging, also beschloss die Truppe, sich auf den Heimweg zu machen. Die Feuerstelle wurde sorgfältig ausgetreten, die übrig gebliebenen Getränke in den Satteltaschen verstaut und die Pferde zum Aufbruch bereit gemacht. Silas war, wie Maddie schon vorausgesagt hatte, nur ein paar Meter hinter den Büschen verschwunden, um das saftigste Gras zu ergattern, und kam bei Maddies Pfiff sofort herbeigetrabt.

„Erstaunlich, dieses Pferd", bemerkte Logan anerkennend, als sich Silas, brav wie ein Lamm, satteln ließ.

Es waren noch einige schöne Stunden gewesen, in denen Logan nicht von Maddies Seite gewichen war. Auch er schien sich in ihrer Gegenwart wohlzufühlen.

„Warum meinst du?" Maddie drehte ihren Kopf zu Logan um, während sie den Sattelgurt kontrollierte.

„Nun ja, er war schließlich nicht angehängt und hätte abhauen können."

„Wo sollte er denn hin? Er kennt sich hier genausowenig aus wie ich. Außerdem glaube ich nicht, dass er weg von mir möchte. Ich bin alles, was er hat. So wie er alles ist, was ich noch habe." Einen kurzen Moment überkam Maddie eine Welle von Traurigkeit.

„So eine Beziehung zwischen einem Mensch und einem Tier habe ich noch nie gesehen. Normalerweise sind Pferde nur ein Mittel zum Zweck, aber bei euch kann man das unsichtbare Band, das euch verbindet, förmlich sehen."

„Du findest das lächerlich, nicht wahr?"

„Ganz im Gegenteil, Maddie." Logan trat dichter an sie heran und nahm ihre Hand. „Ich finde es wundervoll, dass zwischen euch so ein blindes Vertrauen herrscht. Ich finde, ein Pferd spiegelt die Seele seines Menschen wider. Und so, wie Silas an deiner Seite steht, musst du ein wundervoller Mensch mit einem großen Herzen sein."

Maddie schluckte. Die Nähe zu Logan und seine lieben Worte über Silas ließen sie nicht mehr klar denken. Ihr Herz pochte laut in ihrer Brust. Sie machte einen Schritt zurück. „Danke, Logan."

„Na dann, aufsitzen", rief Logan schließlich in die Runde.

„Ich will ja nicht frech kommen, Logan, aber alle außer euch zwei Turteltauben sind bereits aufbruchbereit", konterte Alex belustigt.

„Alles klar." Logan schwang sich in den Sattel. „Dann alle Mann mir nach."

„Dann können wir Mädels ja hier bleiben, wenn nur alle *Mann* dir folgen sollen." Joy lachte schelmisch.

„Meine Güte. Du immer mit deiner Gleichberechtigung!"

„Das solltest du inzwischen doch wissen. Kennst mich doch schon lange genug."

„Also gut. Auch ihr Frauen dürft euch gerne in Bewegung setzen."

„Jawohl, Sir", riefen die Frauen einstimmig.

Der Rückweg verlief ereignislos, jedoch wurden sie im Fort bereits von einem wütenden Major Stockins erwartet. „Was hat das zu bedeuten, Baker?"

„Was meinen Sie, Sir?" Logan lenkte gerade sein Pferd durch die mächtigen Eingangstore des Forts.

„Sie hatten gesagt, Sie möchten mit Miss Wilson einen kleinen Ausritt unternehmen. Und jetzt waren Sie den ganzen Tag unauffindbar und noch dazu mit einer ganzen Bande an Gefolgschaft." In seinen Augen funkelte es.

„Erstens, Major Stockins, habe ich Sie über einen Ausflug mit Maddie informiert. Wie lange dieser andauern würde, habe ich nie gesagt. Und zweitens kann ich nichts dafür, dass die Mädels und die anderen Soldaten mitgekommen sind. Sie haben sich uns angeschlossen, ohne zu fragen. Glauben Sie mir, mir wäre der Tag ohne die Anwesenheit der anderen auch lieber gewesen." Ein kurzer Blick blieb an Maddie hängen.

„Ich finde es trotzdem unverantwortlich von Ihnen. Sie hätten den ganzen Ausflug abblasen sollen."

„Aber Major Stockins", mischte sich nun Maddie mit unschuldigem Blick ein. „Es war doch so ein schöner Tag. Logan war ein hervorragender Fremdenführer und ich habe mich sehr wohl in seiner Gegenwart gefühlt. Ich bin mir sicher, unter Ihrer Führung sind alle Ihre Männer so verantwortungsbewusst gegenüber Frauen. Ich hatte in keiner Situation Zweifel an meiner Sicherheit und habe den Ausflug in vollen Zügen genießen können."

„Na wenn das so ist, werde ich natürlich ein Auge zudrücken und niemanden bestrafen." Er machte auf dem Absatz kehrt und verschwand im Hauptgebäude des Forts.

„Schleimerin", raunte Phil Maddie zu.

„He! Ich hab euch allen gerade den Arsch gerettet. Schon wieder", protestierte Maddie. „Ihr müsstet euch eigentlich bei mir bedanken. Schon wieder."

Alle lachten.

„Kommt, lasst uns die Pferde versorgen."

Da Maddies und Logans Hütten direkt nebeneinander lagen, ergab sich der gemeinsame Spaziergang von den Stallungen hierher.

„Ist dir kalt?", fragte Logan. Doch statt auf eine Antwort zu warten, zog er seine schwarze Lederjacke aus und hängte sie um Maddies Schultern.

„Danke." Die Jacke roch nach Logan. Ein süßer und herber Männergeruch. Irgendwie war Maddie der Geruch vertraut. Er erinnerte sie an den ihres Vaters. Der hatte zwar keine Lederjacken an, aber seine T-Shirts und Pullover, die er immer trug, rochen sehr ähnlich. Ein Gefühl von Wärme und Geborgenheit kam in Maddie auf.

Aus den Augenwinkeln sah sie Logan lächeln.

Sie gingen eng nebeneinander durch die Dunkelheit, vorbei an den Hütten der Soldaten. Die Mädels und die anderen Jungs hatten sich entschlossen, den Tag noch mit einem Bierchen ausklingen zu lassen. Oder in dem Fall der Mädels mit einem Glas Wein. Sie hatten sich alle in Alex' und Phils Hütte geschlichen.

Maddie fühlte sich wohl in Logans Gegenwart. Obwohl sie gerade nicht miteinander sprachen, war es keine unangenehme oder peinliche Stille, was Maddie sehr genoss. Jeder hing seinen eigenen Gedanken nach, als Maddie auf einmal Logans Hand in ihrer spürte. Einen kurzen Augenblick versteifte sie sich bei der Berührung.

„Ist das ok für dich?", fragte Logan sie mit sanfter Stimme, als er ihre Anspannung spürte. Er war schon im Begriff, seine Hand zurückzuziehen, als Maddie ihren Griff fester um seine Finger schloss. „Ja."

„Ich möchte nicht, dass du dich unwohl fühlst."

„Tu ich nicht, versprochen." Sie schenkte ihm ein schüchternes Lächeln.

Maddie verspürte einen kleinen Stich im Herzen, als sie wenig später bereits ihre Hütte erreichten. Sie wäre gerne noch länger Hand in Hand mit Logan durch die Dunkelheit geschlendert.

„Danke für den wundervollen Tag", sagte Logan, nachdem sie vor Maddies Tür zum Stehen gekommen waren.

„Ich danke *dir*", antwortete sie. „Du hast doch alles geplant und organisiert."

„Ja, bis auf die ungebetenen Gäste."

„Es war trotzdem ein sehr schöner Tag. Er hat mich von dem ganzen Friedensvertragdingens abgelenkt. Ich bin froh, dass du mir einen so wunderschönen Ort gezeigt hast."

„Sehr gerne, Maddie. Vielleicht finden wir irgendwann die Zeit, um nochmal hinzureiten."

„Dann aber ohne die anderen."

Logan näherte sich Maddie. „Versprochen", flüsterte er.

Maddie spürte ein erneutes Kribbeln in ihrem Bauch. Logan beugte sich langsam zu ihr hinunter und Maddies Herz begann zu rasen. Seine Hand immer noch in ihrer liegend, drückte er ihr einen Kuss auf die Wange.

„Gute Nacht, Prinzessin", sagte er sanft und schaute Maddie direkt in die Augen. Ihre Knie waren weich geworden und sie hatte Mühe, dem durchdringenden Blick von Logans dunkelbraunen Augen standzuhalten

Er ließ ihre Hand los, drehte sich um und verschwand lautlos in seiner Hütte. Maddie war noch für einen kurzen Moment unfähig, sich zu bewegen.

Was war denn bloß in sie gefahren? Seit wann brachte ein Typ sie so aus dem Konzept?

Sie ließ die schwere Holztür ihrer Hütte hinter sich zufallen und musste sich erst mal setzen. Ihre Knie waren immer noch wackelig. Sie machte es sich auf der dunkelgrünen Couch, die als Abgrenzung zwischen Wohnzimmer und Essbereich diente, gemütlich. Irgendwie konnte sie den vergangenen Tag gar nicht begreifen. Es war so viel passiert. Sie war an einem der schönsten Orte, den sie je gesehen und gespürt hatte. Ihre Einstellung Logan gegenüber hatte sich drastisch verändert. Ihre *Gefühle* Logan gegenüber hatten sich noch drastischer verändert. Wie schnell so etwas doch gehen konnte. Vor ein paar Tagen hatte sie ihn noch nicht mal gemocht und jetzt bekam sie Schmetterlinge im Bauch und weiche Knie, wenn er sie nur ansah. Durch Logans Geschichte fühlte sie sich ihm näher. Sie beide hatten in der Vergangenheit viel durchgemacht, woran sie beide gewachsen und stärker geworden waren. Auch Logans liebevoller Umgang mit ihr und sein sanfter Ton, wenn er mit ihr sprach, machten die Situation nicht besser. Sie ertappte sich sogar bei dem Wunsch, Logan hätte sie nicht nur auf die Wange geküsst.

Himmel.

Sie konnte nicht behaupten, jemals schüchtern gegenüber Jungs gewesen zu sein. Sie hatte schon mehrere Beziehungen, oder was auch immer das damals gewesen war, hinter sich. Mit ihrer frechen Klappe und witzigen Art hatte sie die Jungs früher förmlich um den kleinen Finger gewickelt. Aber sie konnte sich nicht erinnern, je bei einem davon solche Schmetterlinge im Bauch gefühlt zu haben.

In ihrem Kopf hörte sie ihre Freundin Lucy förmlich rufen hören: „Zieh dich jetzt ja nicht wieder in deine Selbstmitleidshöhle zurück! Logan mag dich ganz offensichtlich, also lass es geschehen wie es kommt. Du hast lange genug geschmollt, es wird Zeit, dass du dein Leben wieder weiterlebst. Er ist super süß, sexy, stark und er interessiert sich für dich. Nimm den Stock aus deinem Arsch und lass dich drauf ein!"

Maddie musste schmunzeln. Genau das würde Lucy ihr jetzt sagen, wenn sie neben ihr säße. Und sie hatte Recht. Sie war lang genug allein gewesen, seit das mit ihrer Mutter passiert war. Die einzige männliche Person in ihrem Leben war Silas. Wobei man ihn, so sehr Maddie sich das auch wünschte, wohl kaum als Person bezeichnen konnte.

„Aber was verspreche ich mir denn davon, wenn ich mich auf Logan einlasse?"

Meine Güte, jetzt ertappte Maddie sich auch noch dabei, Selbstgespräche zu führen. Augenrollend beschloss sie, dem heutigen Tag sein Ende zu lassen, stand auf und machte sich fertig für ihr Bett.

Kapitel 13

Madelyn

„O man! Wieso warnt mich den niemand vor diesem Gestrüpp?" Maddie rieb sich ihre schmerzende Stirn.

„Kann ja keiner wissen, dass du beim Reiten vor dich hinträumst und die Welt um dich herum nicht mehr wahrnimmst. Du bist doch sonst nie so abwesend gewesen, Blondie."

„Du sollst mich nicht so nennen, Yona! Du weißt, dass ich diesen Spitznamen noch nie gemocht habe."

„Na aber ist doch nur die Wahrheit. Du bist noch blonder, als ich dich in Erinnerung hatte."

„Und du meinst deine Haare sehen besser aus? Mit deinem langen, schwarzen Haarschopf machst du Silas Konkurrenz."

„Das nehm' ich als Kompliment."

„Nein. Ich meinte Silas' Mähne, bevor ich ihn das erste Mal gekämmt habe. Das war eine reine Katastrophe."

„Heute bist du wirklich blendend drauf, liebe Maddie. Gibt es dich auch noch in etwas freundlicher? Sonst glaube ich, ich übersteh unseren Ritt bis zum Stamm nicht."

„Entschuldigung." Maddie senkte den Kopf. Es war nicht fair, Yona so zu behandeln. Schließlich konnte er auch nichts für ihre Laune. Der Einzige, der daran Schuld hatte, war dieser vollkommene Idiot namens Logan Baker.

Wer hätte es geglaubt.

„Ist schon ok. Ich versteh deine miese Laune ja, aber ich hatte mich so auf dich und unsere gemeinsamen Tage gefreut. Und jetzt bin ich nichts anderes als dein Seelenklempner."

„Das ist doch nicht wahr, Yona." Entrüstet blickte Maddie ihn an.

„Was bin ich dann?" Er hob abwartend die Augenbrauen.

„Du bist mein bester Freund für immer und ewig", leierte Maddie.

„Wow, dieser Enthusiasmus!" Yona hob die Arme gen Himmel und lachte. „Also, Madame. Schluss mit der Jammerei. Genieße doch mal den Augenblick." Er deutete auf die prächtige Landschaft, durch die sie gerade, gefolgt von einem indianischen Reitertrupp, ritten.

Es waren einige Tage vergangen seit dem Ausflug mit Logan. In jener Nacht, in der Maddie Hand in Hand mit Logan durchs Fort spaziert war, hatte sie von ihm geträumt. Am nächsten Morgen war sie sich darüber klar, dass sie eindeutig Gefühle für Logan entwickelt hatte und sie wollte diese auch nicht unterdrücken. Sie hatte sich vorgenommen, den Ratschlägen von Lucy, auch wenn sie sich diese nur selbst ausgedacht hatte, anzunehmen und sich auf das, was mit Logan werden könnte, einzulassen.

Glückselig schwebte sie förmlich durch den nächsten Tag. Ihr breites Lächeln war sogar Phil und Alex nicht entgangen. Sie fühlte sich gut. Sehr gut sogar. So gut wie schon lange nicht mehr. Natürlich war ihr klar, dass sie mit Logan nur einen einzigen schönen Tag verbracht hatte. Aber dieser eine Tag hatte ausgereicht, um Gefühle für ihn zu entwickeln. Und Maddie war sich sicher, dass auch in Logan diese Gefühle schlummerten. So wie er sie angesehen und mit ihr gesprochen hatte. Er war so zuvorkommend und lieb zu ihr gewesen. Und er hatte ihr seine Geschichte offengelegt, was ihm sichtlich schwer gefallen war.

Am gleichen Tag war wieder eine Sitzung mit den Uniformträgern einberufen worden. Es sollte die letzte sein, bevor die Übergabe des Friedensvertrages endlich fix gemacht und durchgeführt werden sollte. Maddie hatte eigentlich keine Lust, aber sie freute sich darauf, Logan in dem Sitzungszimmer wiederzusehen. Aber da hatte sie sich zu früh gefreut. Logan kam an diesem Tag nicht zur Besprechung. Major Stockins hatte ihn für „unpässlich" erklärt und sogleich mit einer schwungvollen Rede über die Geschichte der U.S. Army begonnen. Maddie konnte der Sitzung nur mit einem Ohr folgen, denn sie musste dauernd an Logan denken. Wo er jetzt wohl gerade war? Was er machte?

Es war nicht untypisch, dass jemand bei einer der vielen Besprechungen fehlte, aber trotzdem fand Maddie es beunruhigend, da gerade Logan nicht zu der Sorte Menschen gehörte, die einfach mal einen Tag blau machten.

Schlussendlich stand der Plan, wie der Friedensvertrag übergeben werden sollte, und alle Anwesenden waren zufrieden damit.

Maddie sollte in den nächsten Tagen mit Logan und seinen Männern aus dem Camp zum Stamm der Cheyenne aufbrechen und Häuptling Faroi über den Plan in Kenntnis setzen. Dieser sollte dann wenige Tage darauf mit ihnen zurück ins Fort kommen und hier im Sitzungszimmer den Vertag unter Aufsicht unterzeichnen.

Nach der Besprechung wollte sich Maddie auf die Suche nach Logan machen, doch sie war immer wieder aufgehalten worden. Einmal wollte Alex sich mit ihr über Gott weiß was unterhalten. Fünf Minuten später kam Clara mit einem *Frauenproblem* zu ihr, dass sie gemeinsam erst mal lösten mussten. Danach wollte Silas, dem sie auf dem Weg zu Logan eigentlich nur einen kurzen Besuch abstatten wollte, unbedingt Aufmerksamkeit und trat zickig gegen seine Boxenwände. Schlussendlich war es bereits dunkel geworden, bis sie an die Tür von Logans Hütte klopfte. Aus den Fenstern, die mit Vorhängen zugezogen waren, konnte sie einen schwachen Lichtschein erkennen, was darauf hindeutete, dass er sich in der Hütte aufhielt. Nachdem nach mehrmaligem Klopfen immer noch niemand antwortete, drehte Maddie den Knauf und öffnete die Tür.

Ihr stockte der Atem.

Da saß Logan auf der Couch. Und in seinen Armen, eng an ihn angekuschelt, lehnte Joy.

Maddie schloss ihre Augen, um diese Bilder aus ihrem Kopf zu bekommen und wandte sich an Yona: „Du hast recht. Jetzt ist Schluss mit Selbstmitleid. Ich freue mich sehr, dich endlich wiederzusehen. Ich freue mich auch auf die anderen im Stamm. Ich freue mich sogar auf Faroi, der mir mit Sicherheit den Kopf waschen wird, wenn ich ihm erzähle, dass ich mich beinahe auf einen Soldaten eingelassen habe." Bei dem Gedanken musste Maddie lachen.

„Wenn du dich so auf alles freust, ist es ja gut, dass wir bald da sind", antwortete Yona und drückte ihre Hand.

Hinter dem nächsten Hügel erschien bereits das kleine Dorf der Cheyenne Indianer. Nach dem tagelangen Ritt vom Fort bis hierher konnte Maddie es kaum erwarten, endlich mal aus dem Sattel zu steigen. Die Indianer hatten ein flottes Tempo vorgelegt, was nur wenige und kurze Pausen zuließ. Nicht mal Maddie war es gewohnt, so lange an einem Stück im Sattel zu sitzen.

Als die Hütten immer näher kamen, atmete Maddie tief ein. Sie sog den ihr vertrauten Geruch ein. Eine Mischung aus Rauch und Kräutern. Wie sehr liebte sie diesen Duft. Er gab ihr das Gefühl von Geborgenheit und Liebe. Automatisch formten ihre Lippen ein Lächeln. Schon von weitem vernahm sie das Lachen der Kinder, die vergnügt über die Wiesen tobten und Fangen spielten. Sie hörte das Rauschen des Flusses, an dessen Ufer Yona ihr früher heimlich das Schießen beigebracht hatte. Sie spürte die Energie, die von diesem Fleckchen Erde ausging und ein Empfinden von Frieden kam in ihr hoch.

Sie bemerkte Tränen in ihren Augen hochsteigen. Tränen des Glücks. Hier gehörte sie hin, hier war sie zuhause.

Etwas außerhalb des kleinen Dorfes lag der große Korral, in dem die Mustangs grasten. Von einigen wurden sie mit einem freundlichen Wiehern begrüßt. Die Tiere lebten mehr oder weniger das ganze Jahr über wild in der Herde. Die Indianer hielten nicht viel davon, ihre Pferde festzubinden oder in Stallungen einzusperren. Auch Maddie hatte hier schon früh ihre Begeisterung zu dieser Pferdehaltung entdeckt. Die Mustangs durften gehen, wohin sie wollten, denn der Korral erstreckte sich über viele Meilen in Richtung Osten. Eine Indianerfamilie besaß meistens nur ein Pferd, denn diese waren sehr wertvoll und teuer. Nur der Häuptling und dessen Kinder konnten sich mehr als eines leisten. Auch die Zucht war nur dem Häuptling und seinen Hengsten gewährt. Oft nahm Häuptling Faroi weite Strecken auf sich, um die passende Stute für einen seiner Hengste zu finden.

Die Hütten in denen die Familien wohnten waren minimalistisch. Es waren Lehmbauten, die mit Planen und Ästen abgedichtet waren, um den Regen und den Wind so gut wie möglich draußen zu halten.

Die Cheyenne waren ein sehr einfaches und zufriedenes Volk. Sie brauchten keinen Luxus um ein glückliches Leben führen zu können. Ihr Augenmerk lag auf einer soliden Ausbildung ihrer Kinder. Männer zu Soldaten und Frauen zu guten Hausfrauen. Auch die Schulbildung kam hier nicht zu kurz. Häupling Faroi war sehr weltgewandt und hatte vielerlei Interessen, sprach mehrere Sprachen fließend und engagierte sich in verschiedenen Projekten. Deshalb war auch er der Drahtzieher für den Friedensvertrag und somit das Sprachrohr der Indianer. Er hatte monatelang mit den anderen Stämmen in der Gegend verhandelt und sie zu überzeugen versucht. Mit Ausnahme der Comanchen hatte er auch alle auf seine Seite ziehen können. Er war stolz darauf, endlich einen offiziellen Schlussstrich zwischen den Feindseligkeiten der Indianer und er U.S. Army ziehen zu können. Durch seinen Einsatz erhielt er Bewunderung im ganzen Land und verdiente sich so den Respekt aller Indianerstämme. Inzwischen war er zu einem der mächtigsten Häuptlinge geworden.

Faroi erwartete die Reisenden bereits. Er stand vor seiner Hütte, die in der Mitte des Dorfes lag, und breitete seine Arme aus. „Madelyn, wie schön, dich zu sehen!" Faroi war der Einzige, der sie mit ihrem vollen Namen ansprach. Maddie mochte das sehr, denn unter den Indianern war dies ein Zeichen des Respektes.

Er war alt geworden. Maddie konnte viele Falten in seinem Gesicht erkennen. Einige Narben zierten seine Arme und seinen Hals. Sein schwarzes Haar, wie sie es in Erinnerung hatte, fiel ihm inzwischen grau über die Schultern. Es waren zwar einige Jahre vergangen, seit sie das letzte Mal hier gewesen war, jedoch schien es ihr, als wäre er um Jahrzehnte gealtert zu sein.

„Faroi, ich freue mich auch, dich wiederzusehen. Es ist viel zu lange her."

„Mein Kind, lass dich ansehen. Du bist so groß und erwachsen geworden."

„Ich bin mir sicher, dass ich bei unserer letzten Begegnung auch schon diese Größe hatte." Maddie lachte. Faroi stand ihr so nahe wie ein Großvater, und er benahm sich ihr gegenüber auch so. Liebevoll und herzlich.

„Das ist wohl wahr."

Er nahm sie bei der Hand und führte sie in seine Hütte, wo seine Frau Moira schon am gedeckten Tisch mit einer heißen Tasse Tee auf sie wartete. Auch sie begrüßte Maddie mit einer herzlichen Umarmung.

„Setz dich, setz dich. Du musst doch todmüde von dem weiten Ritt sein. Ich wette, die Männer haben dir keine Pause gegönnt?"

„Ist schon ok, Moira. Ich hatte eine gute Zeit mit Yona und den anderen. Es war auch mir ein Anliegen, so schnell wie möglich anzukommen."

Moira lächelte verständnisvoll.

„Madelyn, warum bist du alleine gekommen? Ich dachte, dass dich mit Sicherheit mindestens hundert Soldaten aus dem Fort begleiten werden."

„Nur hundert?" Maddie musste lachen. „Hättest du die dann auch alle hier mit einem Tee begrüßt?

„Moira hätte bestimmt genug für alle, nicht wahr?" Liebevoll tätschelte er die Hand seiner Frau.

„Eigentlich war es auch der Plan, dass mich ein paar der Soldaten begleiten, aber nun ja, Pläne ändern sich."

„Ist mir nur recht so. Ich mag keine fremden Leute."

„Sagt ausgerechnet der, der in ein paar Tagen ins Fort der U.S. Army aufbrechen wird", sagte Moira.

„Das ist doch was ganz anderes. Ich will nur nicht so viele Leute hier in meinem Dorf haben."

„Dann ist es ja gut, dass ich alleine gekommen bin." Maddie nippte an ihrem Tee und starrte für einen Augenblick ins Leere.

„Wenn du darüber reden möchtest, mein Kind, meine Tür steht dir immer offen, das weißt du hoffentlich." Moira blickte sie mit ihren rehbraunen Augen an.

„Es gibt nichts, worüber ich reden möchte."

„Hör auf. Du weißt, dass du mir nichts vormachen kannst. Das war schon immer so."

Damit hatte sie vollkommen Recht. Moira durchschaute die Menschen innerhalb weniger Augenblicke. Maddie versuchte erst gar nicht mehr, abzustreiten, dass ihr etwas auf dem Herzen lag, sondern murmelte nur mehr ein leises „dankeschön".

„Jetzt lasst uns erst mal essen", sagte Faroi und nahm sich ein Stück Brot aus dem Korb.

Während dem Essen plauderten sie fröhlich über alles Mögliche, was in den letzten Jahren so passiert war. Maddie erzählte von ihrem Leben daheim und von ihrer Freundin Lucy. Von ihrem Praktikantenjob an der High School, in denen sie die Schülerinnen und Schüler die indianische Kultur lehrte. Sie mochte diesen Job, denn er verband sie täglich aufs Neue mit den Indianern. Jedoch erinnerte sie auch an die tiefe Leere, die durch den Tod ihrer Mutter entstanden war. Sie musste eigentlich nicht unterrichten, denn durch die früheren Forschungsarbeiten ihrer Eltern hatte sie noch immer genügend Geld auf ihrem Bankkonto. Ihr Vater hatte ihr nach dem Tod ihrer Mutter alles überschrieben, was er besaß und war von einem Tag auf den anderen verschwunden. Doch Maddie konnte sich nicht vorstellen, den ganzen Tag nur daheim zu verbringen. Das tat sie ohnehin schon genug, also war der Job für sie eine gelungene Abwechslung in ihrem sonst eher langweiligen Leben.

Faroi schwärmte von seinen neuen Hengsten, die er vor einigen Monaten erworben hatte und von den zukünftigen Fohlen, die er sein eigen nennen konnte.

„Es sei denn, es kommt wieder so ein kleines stures Ding auf die Welt, wie es dein Silas war. Noch heute ist er mir ein Rätsel. Seit ihm gab es nie wieder ein so undurchschaubares Fohlen."

„Tja, Silas wollte halt etwas ganz Besonderes sein", antwortete Maddie.

„Und das ist er noch heute." Faroi schenkte ihr ein zufriedenes Lächeln. „Ich habe meine Entscheidung, ihn dir zu überlassen, bis heute kein einziges Mal bereut. Mein Herz ist ein kleines Stück gewachsen, als ich euch beide heute endlich wieder gesehen habe."

„Silas ist immer noch mein Ein und Alles. Ich verbringe fast jede Minute mit ihm."

„Das freut mich sehr."

Von Moira erfuhr sie den neuesten Klatsch und Tratsch, welches Mädchen mit welchem Mann verheiratet war, wer inzwischen die schönste Tochter im Dorf hatte und welche Neuerungen in Sachen Kleidung und Mode eine junge Forscherin aus England den Frauen vergangenes Jahr beigebracht hatte.

Es war ein ausgesprochen schöner Abend und Maddie konnte für ein paar Stunden ihr Gefühlschaos vergessen. Als Moira sie schließlich in ihr kleines Zimmer im oberen Stock der Hütte begleitet und ihr Bett frisch überzogen hatte, war sie sofort eingeschlafen.

In dieser Nacht träumte sie von Logan. Von ihrem schönen gemeinsamen Tag an der *Quiet Oasis* und von ihren Stunden danach. Allerdings tauchte plötzlich Joys Gesicht in ihrem Traum auf und da waren die Friedlichkeit und die Glücksgefühle schnell dahin. Anscheinend war das Bild von Logan und Joy auf seiner Couch im Fort tief in ihrem Unterbewusstsein verankert.

Als sie aufwachte, war es draußen noch dunkel. Ihre Armbanduhr zeigte drei Uhr nachts. Stöhnend ließ sie sich zurück in ihre Kissen fallen, aber der Versuch, erneut einzuschlafen, misslang. Also schwang sie sich entschlossen aus dem Bett, zog sich rasch einen Pullover über ihren Schlafanzug und machte sich auf den Weg zum Korral.

Auch die meisten Pferde dösten um diese Uhrzeit noch vor sich hin. Sie erspähte Silas in der Dunkelheit und ging leise zu ihm hin. Er begrüßte sie mit einem liebevollen Schups mit seiner warmen Nase.

„Na, mein Großer, kannst du auch nicht schlafen?" Sie tätschelte ihm den Hals. „Darf ich dir etwas Gesellschaft leisten?" Sie setzte sich ins Gras, lehnte sich an einen Zaunpfosten und blickte in den Sternenhimmel. Silas stand friedlich daneben und ließ sich von ihr den Kopf kraulen.

„Ach Silas, ich bin verzweifelt. Ich dachte wirklich, Logan war aufrichtig mir gegenüber. Aber in Wahrheit ist er nur der gleiche Idiot wie alle anderen Männer."

Es mochte zwar albern aussehen, wie sie mitten in der Nacht ihr Herz einem Pferd ausschüttete, aber es war oft das Einzige, das Maddie half. Silas konnte ihr zwar nicht antworten, aber sie konnte ihm alle ihre Sorgen und Zweifel erzählen. Sie hatte das Gefühl, er würde ihr auch wirklich zuhören, denn immer, wenn sie ihm etwas erzählte, spitzte er die Ohren und bewegte sich keinen Schritt von ihr weg.

Und auch wenn es nur Selbstgespräche waren. Sie halfen.

„Vielleicht hätte ich nicht so überstürzt aufbrechen sollen. Vielleicht hätte ich doch mit ihm reden sollen."

Logan hatte Maddie an seiner Haustüre bemerkt. Erschrocken war sein Kopf herumgefahren, als er die Türklinke gehört hatte. Für einen kurzen Augenblick hatten sich die beiden tief in die Augen gesehen, bis Maddie sich wutentbrannt umgedreht, die Tür hinter sich zugeschmissen hatte und in ihre Hütte gerannt war. Sie hörte, wie Logan ihr hinterherrannte, an ihre Tür klopfte und mit ihr reden wollte. Doch Maddie war in diesem Moment blind und taub vor Wut gewesen. Ganz automatisch hatte sie sich ihre Satteltaschen geschnappt und einige ihrer Sachen hineingestopft. Sie wollte kein Wort mehr mit Logan reden, weshalb sie sich auch zur Hintertür rausgeschlichen hatte und geduckt durch das dunkle Fort zu den Stallungen rannte. Tränen der Trauer und der Wut verdeckten ihr die klare Sicht und sie sah alles nur noch wie durch einen düsteren Schleier. Sie sattelte Silas in Windeseile und stieg auf. In dem Moment stand Logan bereits in der Stallgasse und redete auf Maddie ein. Er flehte sie an, mit ihm zu reden, dass das Ganze nicht so wäre, wie es den Anschein gemacht hatte, und dass sie ihm doch bitte zuhören sollte. Doch Maddie wollte nur weg von ihm. Sie trieb Silas mit einem Schenkeldruck in den Galopp und sie stürmten durch die offenen Tore aus dem Fort.

In dieser Nacht irrten Silas und sie ziellos durch die dunklen Weiten der Great Plains. Sie musste erst mal wieder einen klaren Kopf bekommen. Am nächsten Morgen ritt sie zu dem kleinen Lagerplatz der Cheyenne, der sich ganz in der Nähe des Forts befand. Wie erwartet traf sie dort auf Yona und die anderen, die sich hier bereits postiert hatten, um Maddie und die Soldaten zum Stamm zu führen.

Und jetzt saß sie hier im nassen Gras und weinte sich bei Silas die Augen aus. Mal wieder. Sie hasste sich selbst für ihre Gefühle. Schließlich kannte sie Logan ja kaum und verstand nicht, warum sie die ganze Situation so aufwühlte.

Als die Nacht sich dem Ende neigte und die Sonne über die Bergrücken blinzelte, schlich sich Maddie wieder zurück in ihr Bett und schlief schließlich doch noch für ein paar Stunden ein.

In den nächsten Tagen verbrachte sie viel Zeit mit Faroi und Moira und genoss die ihr so vertraute Umgebung. Sie erfreute sich über die Diskretion der Indianer, denn niemand sprach sie auf ihre Eltern an. Unter ihnen war es so Brauch, dass man in der Öffentlichkeit nicht über die Toten sprach. Maddie war sehr glücklich hier und ärgerte sich über sich selbst, dass sie nicht schon früher wieder hier her gekommen war. War es doch glatt die U.S. Army, die sie wieder zurück zu ihrem geliebten Stamm gebracht hatte. Die anderen Indianer behandelten sie auch wie eine der ihren. Überall wurde sie eingebunden, es wurde nach ihrer Meinung gefragt und sie war in jeder Hütte und bei jeder Familie herzlich willkommen.

Mit Yona machte sie einige Ausritte in die Umgebung, welche sie gut von ihren Gedanken ablenkten. Ohne Sattel und Zaumzeug, wie es bei den Indianern üblich war, galoppierten sie über die Hochebenen um die Wette, übten mit Pfeil und Bogen irgendwelche erfundenen Ziele abzuschießen und sonnten sich auf den Steinen am Fluss. Maddie fühlte sich in ihre Kindheit zurückversetzt. Schon damals war Yona ihr bester Freund gewesen. Sie hatten alles zusammen gemacht. Von den anderen Indianerkindern waren sie oft verspottet worden, weil Yona und sie so unzertrennlich gewesen waren. Mehr als Freundschaft gab es bei den beiden aber nie. Ihr Verhältnis zueinander war wie das von Geschwistern. Sie erzählten sich alles und trieben gemeinsam allerhand Schabernack. Nach dem Tod von Maddies Mutter war Yona, genau wie sie, aus allen Wolken gefallen, denn auch für ihn war sie wie eine Mutter gewesen. Sie hatten sich für kurze Zeit gegenseitig Halt gegeben, jedoch reisten Maddie und ihr Vater nach einigen Tagen ab. Für ungefähr ein Jahr verloren Yona und Maddie jeglichen Kontakt, denn jeder musste selbst mit seiner Trauer klarkommen. Danach fanden sie irgendwie ein Stück weit wieder zusammen. Yona kam sie ab und zu bei ihr zuhause besuchen, sie telefonierten oder hielten sich über kurze Nachrichten auf dem Laufenden.

Jetzt, nach all den Jahren, war es zwischen den beiden wieder wie früher, worüber Maddie sehr froh war.

Am Abend des fünften Tages war eine Stammesberatung einberufen. Außer ihr und Faroi saßen noch sieben weitere Indianer im Kreis auf dem Boden. In der Mitte des Dorfes war ein Lagerfeuer aufgebaut worden, um welches sie herumsaßen.

„Der Grund für das Treffen heute ist, dass Madelyn uns die geplante Vorgehensweise für die nächsten Tage berichten wird und wir darüber abstimmen werden, ob das für uns alle seine Richtigkeit hat. Ich bitte euch, unvoreingenommen an die ganze Sache ranzugehen und eure persönlichen Gefühle außer Acht zu lassen. Ich weiß, dass ein paar von euch noch immer nicht mit vollem Herzen dabei sind, und ich danke euch umso mehr, dass ihr trotzdem heute hier anwesend seid." Faroi nickte in die Runde und erntete zustimmendes Gemurmel. Es handelt sich bei ihnen allesamt um Häuptlinge und deren Söhne aus anderen Stämmen. Sie hatten es sich nicht nehmen lassen, sich anzuhören, was der Plan von Major Stockins war. Eigentlich brauchte es keine offizielle Abstimmung, denn einzig Faroi hatte das Recht, seine Pläne zu ändern, aber um des Friedens willen hatte er die anderen Häuptlinge zum Treffen eingeladen.

„Madelyn, bitte." Er nickte ihr freundlich zu.

Maddie stand auf und blickte in abwartende Gesichter. „Eigentlich ist die Vertragsunterzeichnung keine große Sache. Wir werden mit einem kleinen Reitertrupp zum Fort reiten und dort in einem formalen Rahmen den Vertrag von beiden Parteien unterzeichnen lassen. Es gibt zwei identische Exemplare. Eines davon bleibt im Fort und das andere nimmt Häuptling Faroi an sich. Vermutlich wird Major Stockins, der maßgeblich an diesem Projekt beteiligt war, noch etwas zu essen und zu trinken vorbereitet haben, welches wir aus Höflichkeit nicht ausschlagen werden. Danach wird die Rückreise zum Stamm angetreten und die Sache ist erledigt."

Leises Murmeln war aus den Reihen zu hören.

„Danke für die kurze und prägnante Erklärung, Madelyn. Ich habe dem nicht mehr viel hinzuzufügen", ergriff Faroi wieder das Wort. „Wir werden uns nicht länger als nötig im Fort aufhalten. Auch ich bin nicht gerne umzingelt von Soldaten der U.S. Army, aber mir ist es ein Anliegen, unseren guten Willen zu zeigen, weshalb ich die Reise auf mich nehme. Major Stockins soll sehen, wie ernst es uns Indianern mit dem Vertrag ist. Nach der Unterzeichnung sind alle Formalitäten erledigt und jeder geht wieder seine eigenen Wege." Er machte eine kurze Pause und blickte sich um. „Gibt es Einwände oder Fragen eurerseits?"

Maddie litt unter einem kurzen Schweißausbruch, denn das war der entscheidende Moment. Wenn sie die Häuptlinge jetzt mit Fragen löchern würden, hätte sie bestimmt nicht auf alles eine Antwort. Doch zu ihrer Verwunderung gab es keine Meldung aus den Reihen, was somit als Zustimmung für ihren Plan angenommen wurde.

„Das verlief glatter, als ich erwartet habe", raunte Faroi ihr leise ins Ohr und drückte ihr stolz die Hand. Auch er war sichtlich erleichtert, dass alle mit der Vorgehensweise einverstanden waren und sich niemand querstellte. Aus Erfahrung wusste er, dass solche Treffen mit den anderen Häuptlingen oft tagelang dauern können, bis eine für alle zufriedenstellende Lösung gefunden wurde.

Bis spät in die Nacht blieben die Männer noch im Kreis sitzen und schwatzten über alles Mögliche. Durch die vielen Verhandlungen und Gespräche bezüglich des Friedensvertrags hatte sich auch das Verhältnis innerhalb der Stämme gebessert. Es wurde nun mehr zusammengearbeitet und sich ausgetauscht. Irgendwann war Maddie zu müde, um den Gesprächen noch weiter folgen zu können, und beschloss, sich in ihrem Zimmer schlafen zu legen. Schließlich musste sie morgen fit sein, denn gleich nach Sonnenaufgang würden sie in Richtung Fort aufbrechen.

Kapitel 14

Logan

Logan saß auf der Veranda seiner Hütte und rieb sich den Nacken. Was war er nur für ein Idiot gewesen.

Schon wieder.

Er starrte vor sich hin. Seit Tagen wartete er auf ein Zeichen von Maddie. Wann würde sie wiederkommen? Würde sie überhaupt wieder kommen? Er wusste zwar, wann die Vertragsunterzeichnung im Fort stattfinden sollte, aber ob Maddie dort auftauchen würde, konnte er nicht mit Sicherheit sagen. Eigentlich hatte sie kein Recht, sauer auf ihn zu sein und er ärgerte sich darüber, dass sie einfach abgehauen war, ohne nochmal mit ihm zu sprechen. Er war ihr keine Rechenschaft schuldig. Aber er konnte sie auch verstehen. Was musste sie gedacht haben, als er den ganzen Tag nicht auffindbar gewesen war und sie ihn dann mit Joy in seiner Hütte vorgefunden hatte. Er war im ersten Moment so perplex gewesen, als sie in seiner Tür gestanden hatte, dass er gar nicht richtig reagieren konnte. Alles, was er dann geschafft hatte, war, ihr wie ein bekloppter Esel nachzulaufen. Wie hatte sie sich fühlen müssen? Seit Tagen kämpfte er mit seinem schlechten Gewissen. Er hatte eindeutig Gefühle für sie entwickelt und hatte auch in Maddies Augen gesehen, dass da etwas zwischen ihnen war. Er fühlte sich bei ihr wohl und vertraute ihr seine Geschichte an. Er vertraute ihr. Maddie tat ihm leid. Er wollte sie nicht verletzen. Aber jetzt war es so und Logan wusste nicht, wie er damit umgehen sollte. Seit Tagen saß er nur da, hatte miese Laune und wollte nichts mit seinen Freunden unternehmen. Er wollte nicht mal zum Essen in der Mensa dazustoßen, weil er dort eh nur mit Fragen gelöchert werden würde. Joy hatte er seit dem Vorfall gemieden. Sie wollte mit ihm darüber sprechen, aber er ließ sie nicht an sich heran.

Dabei traf Joy doch gar keine Schuld.

Er hoffte, dass Maddie bald wieder auftauchen würde und sie in Ruhe drüber sprechen konnten. Er würde ihr alles erklären und dann hätte sich die Sache auch wieder erledigt und sie würde alles verstehen.

Hoffentlich.

Logan vertrieb sich die Zeit, in der er nicht in Selbstmitleid badete, damit, Runden durch das Fort zu drehen. Alleine. Meistens abends raffte er sich auf, sattelte sein Pferd und ritt über das Gelände. Er ließ seine Gedanken schweifen und war froh, wenn er niemandem begegnete. Ab und zu leisteten ihm

Alex und Phil bei seinen Ritten Gesellschaft. Ihnen hatte er sich anvertraut und erzählt, was passiert war. Auch heute begleiteten sie ihn, nachdem er lange genug auf der Veranda in seinen kalt gewordenen Kaffee gestarrt hatte. Obwohl er lieber alleine gewesen wäre, hatten die beiden sich einfach nicht abwimmeln lassen. Alex zeigte Mitgefühl und Verständnis für die verkorkste Situation, während Phil die ganze Geschichte eher locker sah.

„Komm schon, Mann. Maddie hat das ganz falsch verstanden und wird sich wieder einkriegen, wenn du ihr alles erklärst", sagte Phil. „Außerdem, was benimmst du dich denn wie ein kleines Kind, welches in Selbstmitleid badet? Kann dir doch egal sein, was die Kleine über dich denkt?".

„Phil!", fauchte Alex ihn an. „Siehst du nicht, dass Logan eindeutig Gefühle für Maddie hegt?"

„Oh." Betrübt blickte Phil zu Boden. „Stimmt das, Logan?"

Logan zuckte mit den Schultern, nickte dann kurz und blickte zu Boden.

Phil schüttelte lachend den Kopf. „Ich bin auch wirklich manchmal auf den Kopf gefallen. Jetzt ergibt euer Verhalten in den vergangenen Tagen mehr Sinn."

„Jaja, sehr witzig, Phil." Logan schnaubte und sah ihn grimmig an.

„Ich meine es doch nicht so. Hast du ihr denn gesagt, dass du sie magst?"

„Nein", antwortete Logan und stieß einen tiefen Seufzer aus. „Aber ich glaube, sie weiß es trotzdem. Ich bin mir auch ziemlich sicher, dass sie die Gefühle erwidert. Deshalb tut sie mir ja so leid. Was muss sie nur von mir denken."

Hilflos blickten Alex und Phil sich an. Die beiden wussten nicht recht, wie sie mit der Situation umgehen sollten, denn sie hatten Logan noch nie so gesehen.

„Wir sind für dich da, wenn du uns brauchst", sagte Alex schlussendlich.

Der weitere Ritt verlief schweigend, doch Logan wusste, dass er sich auf seine beiden besten Freunde verlassen konnte und sie stets hinter ihm stehen würden.

„Danke, dass ihr mitgekommen seid. Ich bin froh, euch zu haben", verabschiedete sich Logan, nachdem sie ihre Pferde wieder in den Korral entlassen hatten.

Kapitel 15

Madelyn

In der Ferne konnte Maddie bereits die vier Türme des Forts sehen. Nur noch wenige Stunden, dann würden sie die Vertragsunterzeichnung hinter sich gebracht haben.

Der Ritt der letzten Tage war weitestgehend ohne Probleme verlaufen. Häuptling Faroi genoss es sichtlich, wieder einmal aus dem Stamm herauszukommen und hörte oft gar nicht mehr auf mit dem Erzählen alter Erlebnisse. Etwas untypisch für einen Indianer, denn die waren meist sehr schweigsam. Faroi jedoch verstellte sich nicht und nahm kein Blatt vor den Mund. Maddie erfreute sich sehr an seinen Geschichten, denn zu jedem Baum, jedem Berg und jedem Flussufer fiel Faroi eine alte Geschichte ein. Doch je näher sie dem Fort kamen, desto schweigsamer wurde auch der Häuptling. Die Indianer waren angespannt, was für Maddie vollkommen verständlich war. Es lag nicht in der Natur der Indianer, sich absichtlich in die Nähe der Soldaten zu begeben. Nur einige ausgewählte Krieger durften auf diese Reise mitkommen, denn Faroi wollte vermeiden, dass übermütige Jungspunde ihre Nerven womöglich noch verloren und somit

Chaos auslösten. Also waren sie nur eine kleine Truppe, bestehend aus Häuptling Faroi und Maddie an der Spitze, gefolgt von Yona und sechs weiteren Indianern hoch zu Ross. Sie alle waren bunt bekleidet, hatten sich ihre langen, dunklen Haare zu kunstvollen Zöpfen geflochten und hatten die schönsten Satteldecken auf die Rücken ihrer Mustangs gelegt. Mit diesem Aufzug zeigten die Indianer ihren guten Willen und ihre friedlichen Absichten.

Sie würden pünktlich auf die Minute sein, dachte sich Maddie. So wie mit Major Stockins ausgemacht, würden sie um zwölf Uhr mittags im Fort eintreffen.

Die letzten Tage konnte Maddie wirklich genießen, doch jetzt, wo sie so kurz davor war, Logan wieder in die Augen sehen zu müssen, wurde ihre Laune von Meter zu Meter schlechter. Sie war nervös, schwitzte an den Händen und kaute auf ihrer Unterlippe herum. Sie war genervt von sich selbst, denn so nervös war sie sonst nie.

Alles nur wegen diesem einen Tag mit Logan.

Und da saß er auch schon. Auf seinem Pferd, umgeben von mindestens einhundert Soldaten. Wie Maddie prophezeit hatte, erwartete sie ein Aufgebot, ähnlich wie bei ihrer Ankunft vor einigen Wochen. Nur saßen dieses Mal alle Männer auf ihren

Pferden und standen in Reih und Glied vor dem Fort, was ein mächtiges Bild ergab.

„Hätte ich gewusst, was die hier auffahren, hätte ich mehr Männer mitgenommen", sagte Faroi, der neben Maddie ritt.

„Nur keine Sorge. Das ist Stockins' Art, jemanden willkommen zu heißen. Mich wundert nur, dass auch er auf einem Pferd sitzt. Ich hab ihn vorher immer nur zu Fuß gesehen und war der Meinung, der Herr ist sich zu fein, um auf einem staubigen Pferd zu sitzen." Maddie zwinkerte verstohlen und lächelte dem Häuptling mutmachend zu.

„Wenn das ein Versuch war, mich zu beruhigen, hat es nicht geklappt."

„Na hört, hört. Der große Häuptling Faroi ist nervös?"

„Ha ha, sehr witzig. Neun gegen hundert. Da darf man doch etwas angespannt sein, oder?" Faroi verzog sein Gesicht zu einer Grimasse.

„Ich bin mir sicher, unsere wenigen Männer schüchtern deren ganze Armee mindestens genauso ein."

Faroi zügelte seinen Hengst und sah Maddie an. „Ich habe mich noch gar nicht bei dir bedankt, Madelyn."

„Wofür?"

„Es ist nicht selbstverständlich, dass du an meiner Seite stehst. Eigentlich gehörst du ja zu ihnen." Er nickte in Richtung des Forts.

„Ich gehöre zu ihnen, genauso wie ich zu euch gehöre und mache keinen Unterschied zwischen den Rassen. Das hat mir meine Mutter beigebracht. Es gibt keine Seite, auf die ich mich stelle. In diesem Fall ist es für mich sehr wohl selbstverständlich, dass ich euch begleite."

Dankbar lächelte Faroi sie an. „Deine Mutter war eine sehr kluge Frau."

Als sie dem Fort immer näher kamen, konnte Maddie die Augen nicht von Logan lassen. In ihrem Kopf waren immer noch die Bilder von ihm und Joy in seiner Hütte. Vermutlich hatte er die ganze Nacht und den darauffolgenden Tag mit ihr verbracht. Eine Mischung aus Wut und Trauer kochte in ihr hoch und sie wusste nicht, welches Gefühl stärker war. Sie war sich unsicher, wie sie sich Logan gegenüber verhalten sollte.

„Ich bin offensichtlich nicht der Einzige, der nervös ist?" Faroi deutete auf Maddies faltige Stirn. „Schau nicht so ernst, meine Kleine."

„Ich habe das Fort damals nicht ganz im Einvernehmen verlassen."

„Es war nicht dein Fehler."

Maddie sah ihn fragend an.

„Was hat Moira dir erzählt?", seufzte sie und verdrehte die Augen.

„Gar nichts!" Faroi hob abwehrend die Arme.

„Lügner."

„Na gut. Sie hat mir ein bisschen von deinem Kummer erzählt, als ich bei ihr nachgefragt habe. Ich habe euch am Abend zuvor in deinem Zimmer reden hören und du klangst so unglücklich. Ich wollte lediglich wissen, ob alles ok bei dir ist. Aber du kennst Moira. Sie war sehr traurig über das, was du durchmachen musstest, weshalb sie sich mir anvertraut hat", sagte er entschuldigend.

„Ist schon ok. Es tat mir gut, mit Moira über Logan zu sprechen. Sie hat schon immer gute Ratschläge gehabt."

„Willst du auch einen Ratschlag von einem weisen alten Mann hören?"

„Gerne."

„Rede mit ihm." Er sah in den Himmel hinauf. „In den vielen Jahren, in denen Moira und ich nun schon verheiratet sind gab es einige Situationen, in denen wir uns viele Diskussionen hätten sparen können, wenn wir nur richtig miteinander geredet hätten. Viele Missverständnisse entstehend durch fehlende Kommunikation."

„Sehr weise, alter Mann." Maddie schnaubte.

„Du musst selbst entscheiden, was du möchtest. Aber gib nicht gleich auf. Was ich so gehört habe, hattet ihr zwei eine schöne Zeit miteinander. Wirf das nicht weg, nur weil Logan etwas falsch gemacht hat. Wer weiß, was dahinter steckt."

„Was soll schon großartig dahinter stecken? Ich weiß ja wohl, was ich gesehen habe."

„Manchmal lassen uns unsere Augen etwas sehen, was unser Verstand nicht begreifen kann."

Maddie konnte über diesen Satz nur schmunzeln. Nur zu gut kannte sie Farois Weisheiten. Zuerst versteht man nicht, was er damit sagen wollte, aber meistens klärte es sich dann mit der Zeit auf. Deshalb fragte sie auch nicht weiter nach.

„Ich würde mich auf jeden Fall freuen, dich wieder glücklich zu sehen." Faroi legte ihr liebevoll die Hand auf die Schulter. „Und jetzt lass uns das hinter uns bringen."

„Häuptling Faroi, es ist uns eine Ehre, Sie und Ihre Krieger in unserem Fort begrüßen zu dürfen." Major Stockins ritt, gefolgt von Logan und dem anderen Sergeant, der kleinen Indianertruppe entgegen und streckte Faroi die Hand entgegen.

„Es freut mich, Major Stockins, dass wir endlich alles unter Dach und Fach bringen können. Dafür war ich gerne bereit, die Reise auf mich zu nehmen", antwortete Faroi. „Dank meiner Begleiterin weiß ich über alles Bescheid und bin mir sicher, wir werden den Vertrag ohne weitere Probleme unterzeichnen können."

„Wir sind Miss Wilson sehr dankbar, dass sie die Strapazen der letzten Wochen auf sich genommen hat und ausschlaggebend für den heutigen Freudentag verantwortlich ist."

Strapazen? Die einzige Strapaze ist der junge Soldat mit den dunkelbraunen Augen.

Sie und Silas standen Logan und seinem Pferd direkt gegenüber. Er hatte sie noch keines Blickes gewürdigt und schaute stumm zu Boden. Er war blass, stellte Maddie fest, und hatte tiefe Schatten unter den Augen. Sein Bart war um einiges länger als noch vor ein paar Tagen und sah sehr ungepflegt aus. Genauso seine Haare, denen er offensichtlich schon länger keine Haarwäsche mehr gegönnt hatte. Ein kleiner Wermutstropfen durchfuhr Maddie, als sie ihn so sah. Sie ärgerte sich über ihre Gefühle, die in diesem Augenblick wieder in ihr hochkamen. Die Gefühle, die sie in den letzten Tagen gut unterdrücken konnte, machten sich wieder in ihrem Herzen breit.

So ein Mist.

Sie dachte, wenn sie Logan gegenüberstand, würde sie sowieso nichts als Verachtung für ihn empfinden und die ganze Sache würde sie nicht weiter belasten. Jedoch kam ein ganzes Orchester an Gefühlen in ihr hoch. Wut, Trauer, Liebe, Schwermütigkeit, Freude, Mitleid.

Hatte sie doch überreagiert? War ihr abruptes Aufbrechen doch übertrieben gewesen?

Sie wurde aus ihren Gedanken gerissen, als sich die gesamte Truppe in Bewegung setzte. Major Stockins und Häuptling Faroi voran, dahinter Maddie, Logan und der andere Sergeant, gefolgt von den restlichen Indianern. Sie ritten durch einen Spalier aus Soldaten, die große Fahnen gehisst hatten, um die Indianer willkommen zu heißen. Silas wurde unruhig. Der ganze Trubel um ihn herum schien ihm nicht sonderlich zu gefallen. Er war zwar nicht menschenscheu und hatte schon viele unangenehme Situationen mit Bravour gemeistert, jedoch war durch einen Pulk an wehenden Fahnen zwischen hunderten anderen Pferden zu marschieren selbst für ihn etwas zu viel.

„Ganz ruhig, mein Großer. Gleich hast du wieder deiner Ruhe."

Silas schnaubte und ließ das Spektakel über sich ergehen.

Nachdem sie die Pferde an einem Pfahl im Schatten einiger Hütten angebunden hatten, schlugen sie den Weg in Richtung des Hauptgebäudes ein. Maddie erwartete, im Sitzungszimmer wieder auf die Herren in den Uniformen zu treffen, jedoch war der Raum zu ihrer großen Verwunderung leer. Stockins steuerte das Kopfende des massiven Holztisches an und bot dem Häuptling den Platz links neben sich an. Logan setzte sich auf die rechte Seite. Yona hielt sich, ganz nach Manier der Indianer, im Hintergrund. Maddie wollte sich zu Yona in den hinteren Bereich des Sitzungsraumes begeben, wurde jedoch von Stockins aufgehalten. „Miss Wilson, setzen Sie sich doch auch zu uns." Er wies auf den Stuhl neben Logan.

„Danke, Major Stockins."

Die Entscheidung, sich nicht neben Logan, sondern neben Faroi zu setzen, bereute sie in Windeseile. Jetzt saß sie Logan genau gegenüber und konnte nicht mehr vor seinen Blicken flüchten. Anders als draußen beim Empfang durchbohrte er sie jetzt förmlich mit seinen dunklen Augen.

„Nun." Der Major räusperte sich. „Wollen wir das Ganze nicht länger hinauszögern. Wie schon gesagt, freut es mich sehr, dass Sie hier sind, Häuptling, denn endlich können wir die jahrelangen Verhandlungen abschließen."

Er erwartete offensichtlich eine Antwort von Faroi, dieser blieb jedoch stumm sitzen und nickte schwach.

„Ich denke, wir haben alle genug von ewig langen Reden und Geschwafel über den Vertrag. Hier sind nun die zwei originalen Exemplare, wovon

Sie, Häuptling, vor einigen Wochen ja auch schon eine digitale Kopie zur Durchsicht erhalten haben." Irgendwie wirkte er auf einmal sehr angespannt. Er wischte sich den Schweiß mit einem Taschentuch von seiner Stirn und spielte mit einem Kugelschreiber in den Händen.

Wieder nickte der Häuptling nur.

„War denn alles zu Ihrer Zufriedenheit?"

Die Stille von Faroi machte Stockins noch nervöser. Nach kurzem Schweigen meldete sich Faroi endlich zu Wort: „Ja, Major Stockins, es war alles zu meiner Zufriedenheit. Auch die anderen Häuptlinge, deren Meinung ich selbstverständlich eingeholt habe, waren mit den ausgearbeiteten Papieren zufrieden."

Stockins stieß die Luft aus und auch Logan entspannte sich sichtlich.

„Auch mir und meinen Männern ist es ein Anliegen, so schnell wie möglich wieder nach Hause zu kommen, weshalb ich vorschlage, die Verträge jetzt zu unterschreiben."

Maddie musste innerlich grinsen. Faroi wollte nicht so schnell wie möglich nach Hause, er wollte so schnell wie möglich aus diesem stickigen Sitzungsraum raus.

Nachdem die Papiere von beiden Parteien unterzeichnet waren und eines in den Besitz des Häuptlings gewandert war, machte sich dieser, gefolgt von Yona, schnellstens auf in Richtung des Ausgangs.

„Maddie!"

Maddie schloss die Augen, atmete tief ein und drehte sich zu Logan um. „Ja?", fragte sie freundlich.

„Können wir reden?"

„Ich wüsste nicht, worüber?"

„Maddie, bitte. Ich glaube, du hast da etwas ganz falsch verstanden! Lass es mich dir erklären."

Maddie hatte Mühe, höflich zu bleiben und ihren Zorn zurückzuhalten. „Und ich glaube, ich habe es genau so verstanden, wie ich es gesehen habe. Eine Entschuldigung für dein Verhalten gibt es nicht." Damit ließ sie Logan stehen und eilte zu Faroi und Yona.

Es waren zähe Stunden, bis die Indianer endlich aufbrechen konnten. Es wurde ein Festtagsmenü vorbereitet, Tische und Bänke aufgestellt und Zelte errichtet. Alle waren eingeladen worden, die Vertragsunterzeichnung gebührend zu feiern. Höflichkeitshalber blieb Häuptling Faroi zum Essen, zu welchem er jedoch kaum kam, denn er wurde immer wieder in neue Gespräche verwickelt. Major Stockins und sein Gefolge waren begeistert von Farois Weltgewandtheit und zeigten ehrliches Interesse an seinen Erzählungen. Jedoch wurde dem alten

Mann das Gerede zusehends zu viel und er verabschiedete sich mit seinen Männern. Maddie konnte es gar nicht erwarten, raus aus dem Fort und somit weg von Logans andauernden Versuchen, mit ihr zu reden, zu kommen. Sie wusste, dass sich ein Gespräch nicht vermeiden lassen würde, jedoch wollte sie dies so lange wie möglich hinauszögern.

Nachdem Maddie noch einige Stunden an der Seite der Indianer in Richtung des Stammes geritten war, hielt Faroi plötzlich an und wandte sich mit strengem Blick an sie. „Nicht, dass ich mich über deine Begleitung nicht sehr freuen würde, Madelyn, aber wann hast du eigentlich vor, umzudrehen und ins Fort zurückzukehren?"

„Ich dachte, ich könnte doch noch ein paar Tage bei euch verbringen?"

„Du bist bei uns jederzeit herzlich willkommen, das weißt du! Aber ich denke, es wird Zeit, sich endlich mal mit deinem Soldaten zu unterhalten."

„Mhh …"

„Sei nicht so stur, meine Kleine. Die Welt hat schon schlimmere Stürme überlebt."

Er schon wieder mit seinen Weisheiten.

„Ich kann dich gerne zum Fort zurückbegleiten?", warf Yona ein.

„Klar, und dann begleite ich dich wiederum mit zum Stamm und so reiten wir endlos in den Great Plains auf und ab." Maddie lächelte. „Nun gut.

Dann werde ich jetzt wohl oder übel umkehren. Alleine."

Die Verabschiedung von dem Häuptling und von Yona fiel ihr nicht leicht und sie musste einige Tränen hinunterschlucken. Sie würde sie einige Zeit nicht mehr sehen, jedoch schwor sie sich selbst, nicht wieder Jahre ins Land ziehen zu lassen, bis sie den Stamm das nächste Mal besuchen würde.

„Pass auf dich auf, Madelyn, und lass dich von niemandem unterkriegen. Du bist so stark und mutig wie dein Vater und genau so klug und schön wie deine Mutter. Sie wären sehr stolz auf dich." Mit diesen Worten wendete Faroi seinen Mustang und verschwand mit den anderen hinter dem nächsten Hügel.

Maddie hielt einige Augenblicke inne und überwand sich schließlich, in Richtung Fort aufzubrechen. Die Sonne würde bald untergehen.

Gemächlich trottete Silas dahin, bis er plötzlich scharf nach rechts abbog.

„He, was soll das? Das ist der falsche Weg", sagte Maddie. Silas schnaubte nur und schüttelte seine Mähne. Er wusste ganz genau, welcher Weg ins Fort führte, das war Maddie bewusst. „Was ist denn los mit dir?" Auch wenn Silas nicht antworten konnte, so verstand Maddie ihn doch. Offensichtlich wollte er genauso wenig ins Fort zurück wie sie selbst.

„Weißt du was, mein Großer? Dann lauf! Lauf, wohin du möchtest! Ich folge dir." Maddie überließ Silas die Führung. Er galoppierte an und preschte über die Hochebenen, als würde er fliegen und für einen Moment wurden alle Sorgen vom Wind weggeblasen. Maddie schloss die Augen und genoss den Augenblick mit ihrem besten Freund.

Als Silas wieder in Trab fiel, kam Maddie die Gegend ziemlich vertraut vor. Im ersten Moment wusste sie nicht, woher, jedoch fiel es ihr plötzlich wie Schuppen von den Augen. Hier in der Nähe müsste die *Quiet Oasis* liegen. Als wollte Silas ihr Recht geben, ließ er ein schrilles Wiehern aus. „Es gefällt dir hier auch, nicht wahr, mein Großer?" Sie war nicht erstaunt darüber, dass Silas den Weg noch kannte. Bei den meisten Ausritten war er es, der den richtigen Pfad nach Hause oder einen Ausweg aus dem Labyrinth von Bäumen und Sträuchern wiederfand. Die *Quiet Oasis* erschien ihnen innerhalb weniger Augenblicke. Plötzlich standen sie wieder vor dem kleinen See, welchen die Abendsonne in ein ganz besonders mystisches Licht rückte.

Und da war er.

Auf einem Felsen, den Blick auf das Wasser gerichtet, saß Logan. Erneut stieß Silas ein Wiehern aus und machte sich somit bemerkbar. Logan drehte sich um und traute offensichtlich seinen Augen genauso wenig wie Maddie den ihren. Der Hengst setzte sich in Bewegung und trottete auf Logan zu. Maddie, unfähig zu handeln, ließ es zu.

Silas kam direkt vor Logan zu stehen. „Hallo, ihr zwei", begrüßte Logan sie leise. „Was macht ihr denn hier?" Er schluckte.

„Das musst du Silas fragen", antwortete Maddie benommen.

„Silas?"

„Er hat mich hierher gebracht."

„Natürlich hat er das." Logan tätschelte geistesabwesend Silas' Nüstern und lächelte. Dann blickte er zu Maddie auf und reichte ihr die Hand. Ein leises „bitte" kam flüsternd über seine Lippen und wie selbstverständlich ließ sich Maddie von ihm aus dem Sattel helfen. Einige Momente standen sich die beiden schweigend gegenüber, bis Maddie einen Hieb im Rücken spürte. Sie konnte sich ein Lächeln nicht verkneifen, als sie Silas hinter sich sah, wie er sie mit seinen großen Knopfaugen musterte und mit der Nase ein Stück nach vorne schieben wollte.

„Ich hab schon verstanden, mein Großer", sagte sie kopfschüttelnd und wandte sich an Logan. „Wir müssen reden."

Logan nickte nur und führte sie an der Hand zum Ufer des Sees.

„Maddie, ich nehme an, der Grund, dass du so schnell aufgebrochen und allein zu den Cheyenne geritten bist, war, weil du Joy in meiner Hütte angetroffen hast?" Er blickte sie mit traurigen Augen an.

„Joy in deiner Hütte zu sehen wäre mir egal gewesen. Aber Joy in deinen Armen, auf dem Sofa an dich gekuschelt zu sehen, war mir nicht egal."

„Ja, ich …"

„Lass mich ausreden, Logan!"

Betroffen sah Logan zu Boden und schwieg.

„Soll ich ehrlich mit dir sein? Ich war geschockt und enttäuscht, als ich dich mit Joy zusammen erblickt habe. Eigentlich sollte mir das egal sein, habe ich mir immer wieder selbst gesagt. Ich habe keinen Anspruch auf dich und bis vor einigen Wochen haben wir uns noch wegen jeder Kleinigkeit in die Haare bekommen und uns gegenseitig angezickt. Aber dieser eine Tag an der *Quiet Oasis* hat in mir irgendetwas verändert. Du hast dir Gedanken gemacht und wolltest mir eine Freude bereiten. Und dann hast du dich mir gegenüber auch noch geöffnet und mir die Geschichte über deine Vergangenheit mit deiner Mutter und Katie anvertraut. Irgendwie habe ich ab diesem Moment eine Verbindung zwischen uns gespürt. Wir beide haben schwere Zeiten und den Verlust geliebter Menschen erlebt. Ich weiß, es klingt blöd, aber in mir hat sich dadurch die Sichtweise auf dich geändert. Mir war nun klar, warum du mir gegenüber so abweisend warst und dass du in deinem Inneren immer noch trauerst und über das Erlebte noch nicht hinweggekommen bist. An diesem Tag habe ich Gefühle für dich entwickelt und, naiv wie ich bin, habe ich gedacht, du empfindest vielleicht genauso. Doch dann bist du am nächsten Tag nicht bei der Sitzung erschienen und ich konnte dich den ganzen Tag nicht finden. Als ich dich dann mit Joy gesehen habe, waren meine Gefühle auf einen Schlag so durcheinander, dass ich nur die Flucht zu den Indianern als Ausweg sah. Ich wollte dich nicht sehen oder mit dir sprechen. Ich weiß, es war ein kindisches Verhalten, aber ich wusste nicht besser mit meinen Gefühlen umzugehen." Sie seufzte und eine Träne rann ihre Wange hinunter.

„Oh, Maddie", sagte Logan und berührte ihre Wange mit seinen Fingerspitzen. „Das Letzte, was ich möchte, ist, dich traurig zu sehen. Es tut mir so leid, dass du dich meinetwegen so fühlst. Das mit Joy war nicht so, wie es aussah. Lass es mich dir bitte erklären." Er sah sie fragend an.

„Ok." Maddie nickte.

„Joy und ich kennen uns von früher. Sie war lange Zeit eine gute Freundin von mir, bis auch sie auf ein College in einem anderen Staat ging, um dort zu studieren. Wir hatten hin und wieder flüchtigen Kontakt und telefonierten ein paar Mal im Jahr. Dass sie jetzt zur gleichen Zeit in genau diesem Fort ist, war reiner Zufall. Ich wusste nichts von ihrem Aufenthalt hier und es war mir auch relativ egal, als ich sie gesehen habe. Natürlich haben wir uns gefreut, einander nach all den Jahren wiederzutreffen, aber mit der innigen Freundschaft von früher hatte unsere Beziehung zueinander nichts mehr zu tun. Ich habe dir das nicht erzählt, nicht, weil ich dich anlügen wollte, sondern weil es für mich schlichtweg nicht von Bedeutung war. Außerdem war ich der Meinung, Joy hat dir längst jedes Detail von früher über uns erzählt, womit ich offensichtlich falsch lag."

„Moment mal. Ihr kennt euch von früher? Und ihr wart nur befreundet?"

„Ja! Mehr als Freundschaft war das zwischen uns nie. Ich habe einige Beziehungen von ihr miterlebt und mich stets für sie gefreut – auch wenn der Richtige für sie noch nicht dabei war, so war es doch schön für mich, meine Freundin glücklich zu sehen."

Maddie war überfordert. Nie hätte sie daran gedacht, dass sich die beiden aus der Kinderzeit kennen würden.

So einen Zufall muss man auch erstmal erleben. Man trifft nicht jeden Tag seine Jugendfreundin mitten in der Wildnis.

Wenn sie jetzt darüber nachdachte, fielen ihr einige Situationen ein, die darauf hingewiesen haben, dass die beiden sich bereits längere Zeit kennen mussten.

„Der Tag, an dem ich nicht bei der Sitzung aufgetaucht bin, war der Geburtstag meiner Mutter." Logan drehte sich ein Stück von Maddie weg und verbarg sein Gesicht vor ihr. „Joy wusste das. Sie hat natürlich alles miterlebt, was damals passiert ist, und empfand es offensichtlich als ihre Pflicht, mich an diesem Tag zu besuchen. Sie weiß, dass mir Geburtstage oder andere Feiertage immer schwer fallen, auch wenn ich es nach außen hin niemandem zeige." Er machte eine Pause und ließ seinen Blick über den See schweifen.

„Joy ist also in meiner Hütte aufgetaucht und gab ihr Bestes, mich aufzuheitern und mich auf andere Gedanken zu bringen. Ich wollte den anderen nicht unter die Augen treten, so elend fühlte ich mich und ich ärgerte mich über mich selbst, dass ich nach all den Jahren an ihrem Geburtstag noch immer so empfand. Trauer. Wut. Noch immer fühle ich den Schmerz von damals, als sie mich einfach verlassen hatte. Lächerlich, ich weiß."

„Logan, das ist ganz und gar nicht lächerlich. Das ist doch vollkommen menschlich."

„Wie dem auch sei. Ich habe Joy auch von uns erzählt. Beziehungsweise habe ich ihr von meinen Gefühlen zu dir erzählt." Nun blickte Logan sie an. Ganz vorsichtig nahm er ihre Hand in seine. „Maddie, auch ich habe Gefühle zu dir entwickelt. Früher schon, als ich es mir einstehen wollte. Deshalb habe ich auch diesen Ausflug geplant. Ich wollte etwas Zeit mit dir alleine verbringen, um herauszufinden, ob auch du so fühlst wie ich."

„Aber warum hast mir nichts von dem Geburtstag deiner Mutter erzählt?"

Logans Lippen verzogen sich zu einer Grimasse. „Wie hast du es immer genannt? *Mein überdimensional großes Ego?* Ich war zu stolz, um zuzugeben, dass ich traurig und verletzt bin. Erst recht dir gegenüber. Du solltest mich so nicht sehen."

„Aha. Also war es besser, mich in dem Glauben zu lassen, dass du mich gar nicht magst, anstatt deinen Stolz hinunterzuschlucken und mir die Wahrheit zu sagen?"

„Nein, Maddie. Das war das Dümmste, was ich je getan habe. Aber ich dachte, dieser Tag geht rum und am nächsten Tag wäre alles wieder vorbei und niemand würde davon erfahren." Er legte den Kopf in den Nacken. „Aber dass du dann plötzlich in meiner Tür stehst und aus der Situation natürlich deine Schlussfolgerungen ziehen würdest, konnte ich doch nicht ahnen."

„Ich habe mir Sorgen um dich gemacht. Den ganzen Tag hat dich niemand gesehen."

„Ich weiß. Es tut mir so leid, Maddie. Als du dann auf Silas davongeritten bist, habe ich mein Pferd gesattelt und bin dir nach. Aber ich konnte dich nicht einholen und nach kurzer Zeit warst du zwischen den Hügeln und Sträuchern verschwunden. Natürlich habe ich dich nicht mehr gefunden. Ich hatte schon Schwierigkeiten, wieder ins Fort zurückzugelangen. In dieser Gegend sieht auch jeder Baum aus wie der andere." Er verdrehte die Augen.

„Klar, gib den Bäumen die Schuld." Maddie konnte sich ein Grinsen nicht mehr verkneifen. Sie war gerührt, dass Logan ihr nachgeritten war und die ganze Situation hatte aufklären wollen. Blind vor Wut und Enttäuschung hatte sie es nicht bemerkt.

„In den Tagen, in denen du weg warst, ging es mir richtig beschissen. Ich konnte mir natürlich denken, was du dir ausmalst und hatte ein schlechtes Gewissen. Ich wollte doch nicht, dass du dich meinetwegen schlecht fühlst." Wieder strich Logan mit seiner Hand über Maddies Wange und schaute ihr tief in die Augen. „Ich möchte für dich da sein, dich glücklich machen und dich zum Lachen bringen. Ich möchte noch viele Abenteuer mit dir erleben und von dir vor bösen Indianerhäuptlingen beschützt werden." Er lachte.

„Auch wenn dein Ego darunter leiden wird, dass du von einer Frau gerettet wirst?"

„Nun ja. Vielleicht lässt du mich ja auch in die erste Reihe und wir stehen Seite an Seite, wenn Häuptling Pontiac das nächste Mal auftaucht?"

„Hoffen wir einfach, dass wir ihm niemals wieder begegnen werden." Maddie schüttelte lachend den Kopf.

„Maddie, was ich damit sagen möchte. Ich habe dich sehr gerne und möchte mit dir so viel Zeit wie möglich verbringen. Auch nach unserer Rückkehr." Er rückte näher an sie heran und nahm ihr Gesicht in seine Hände. Er legte seine Stirn an ihre. Maddie atmete seinen Duft ein und konnte die Schmetterlinge in ihrem Bauch nicht mehr ignorieren. Sanft strich Logan ihr eine Haarsträhne aus dem Gesicht und hob ihr Kinn mit seinen Fingern an, so dass sie ihm tief in die Augen sah.

„Na, was sagst du, Prinzessin? Bist du bereit, mit einem Soldaten in den Sonnenuntergang zu reiten?", flüsterte er mit rauer Stimme.

„Jeden Tag", antwortete Maddie zitternd, ehe Logan seine Lippen auf ihre senkte und sie küsste.
Endlich.

Epilog

„Geht's auch etwas schneller, Prinzessin? Wir schlafen hier hinter dir alle ein!"

Maddie sah nur noch eine Staubwolke, die Logan hinterließ, als er an ihr vorbeigaloppierte.

„Na warte", rief sie ihm hinterher und trieb Silas an. Bald hatten sie Logan eingeholt und sie galoppierten Seite an Seite über die Weiten der Great Plains.

„Wer als Erster am Flussufer ist", rief Maddie Logan zu und Silas preschte vorwärts. Logan lachte laut auf, denn er wusste, dass er keine Chance gegen Maddie und den Hengst hatte. Inzwischen war ihm das auch egal und er freute sich über den Übermut von Maddie.

Am Fluss angekommen brachten die beiden ihre Pferde zum Stehen und ließen sie vom kühlen Nass trinken.

„Was bekomme ich nun, als Siegerin dieses Wettrennens?" Maddie reckte siegreich ihre Faust nach oben.

„Komm her, Kleine." Logan griff in Maddies Nacken, zog sie zu sich und drückte ihr einen festen Schmatz auf die Lippen. „Reicht dir das als Siegerprämie?"

„Vorerst." Sie lachte verschmitzt und zwinkerte Logan zu.

„Ihr seid ja richtig fies, uns einfach so abzuhängen", rief Alex lachend, der gerade, gefolgt von weiteren Reitern, angaloppiert kam.

„Tja, ihr müsst halt schneller werden", antwortete Logan.

Kurze Zeit später waren alle Reiter am Flussufer angekommen und es herrschte reges Treiben.

„Maddie, dein Pferd ist ja unfassbar schnell", sagte ein junger Soldat namens Pete zu ihr. „Wie hast du es geschafft, dass er so schnell laufen kann?"

„Silas ist ein Mustang – denen liegt das Laufen im Blut. Wenn Gefahr droht, ist Rennen oft die einzige Möglichkeiten, zu überleben."

„Aber was kann denn für so ein großes Tier eine Gefahr darstellen?", fragte Pete nachdenklich.

„Nun ja …" Weiter kam Maddie nicht.

„Warte es nur ab, Pete", mischte Logan sich ein. „Du wirst in deiner Ausbildung bestimmt die eine oder andere Bekanntschaft mit einem Indianer machen."

„Was hat denn nun ein Indianer mit meiner Frage zu tun?"

„Das Einzige, was für Tiere wirklich gefährlich ist, sind die Menschen", antwortete Maddie mit festem Blick. „Aber das werdet ihr alles noch lernen."

„Ich will ja keine Spaßbremse sein, aber ich glaube, wir sollten den Heimweg wieder antreten." Phil quetschte sich mit seinem Pferd zwischen Maddie und Logan. „Sonst bekommt Anderson wieder einen Tobsuchtsanfall, wenn wir wieder zu spät heimkommen."

Maddie verdrehte die Augen. „Du hast ja recht, aber ab und zu gehen die Pferde eben mit uns durch."

„Im wahrsten Sinne des Wortes." Logan drückte sanft Maddies Hand. „Wir sollten uns beeilen – du willst doch nicht in deiner ersten Woche als neue Ausbilderin schon eine Strafe erhalten."

„Pff, als ob Anderson sich trauen würde, mir eine Strafe aufzubrummen." Maddie lachte aus voller Kehle. „Seit dem Vorfall damals mit Silas hat er ziemlichen Respekt vor mir und lässt mir einiges durchgehen."

„Hast du ein Glück", sagte Alex und verdrehte dabei die Augen. „Wir sind jedenfalls froh, dass du nun in unserem Camp bist." Er klopfte ihr freundschaftlich auf die Schulter. „Und noch besser ist es, dass unser lieber Freund Logan nun endlich mal passable Launen an den Tag legt. Sein schlechtes Gemüt war fast nicht mehr auszuhalten, nicht war, Phil?"

„Das kannst du laut sagen! Ein Hoch auf unsere Maddie", pflichtete Phil Alex bei.

„Ach haltet doch beide die Klappe und schaut, dass sich die jungen Burschen da vorne nicht verirren. Die reiten nämlich gerade in die falsche Richtung."

„O je", Alex griff sich an die Stirn. „Waren wir auch so hilflos auf unserer Mission damals auf dem Weg zum Fort, Maddie?"

„Hm, ich kann mich vage daran erinnern, dass auch einer von euch die Gruppe in die falsche Richtung gelenkt hatte." Maddie warf einen belustigten Blick zu Logan.

„Wie lange willst du mir das denn noch vorhalten? Das kann doch dem Besten mal passieren. Jetzt habe ich ja dich als meine wandelnde Landkarte immer mit dabei."

„Hast du ein Glück." Maddie warf Logan einen verliebten Blick zu und erntete dafür von ihm einen sanften Kuss auf ihren Handrücken.

„Ach, nehmt euch doch ein Zimmer, ihr Verliebten." Alex und Phil trieben lachend ihre Pferde an und versuchten, die restliche Truppe einzuholen.

„Gut, dass du Anderson davon überzeugen konntest, dich in meiner Baracke schlafen zu lassen. So haben wir wenigstens nachts ein bisschen Zeit für uns", sagte Logan.

„Tja, nur dir habe ich meinen neuen Job im Camp zu verdanken."

„Wir konnten uns einfach keine bessere Ausbilderin für unser neues Programm im Camp vorstellen. Nur durch dich können wir unsere neuen Soldaten nun auf die Aufgaben in den Forts in den Rocky Mountains richtig vorbereiten."

„Am meisten freue ich mich, an deiner Seite zu sein." Maddie schnalzte mit der Zunge und Silas fiel in Galopp. „Vorausgesetzt, du kannst irgendwann mal mit mir mithalten!" Hinter sich konnte sie nur noch Logans Lachen hören.

Maddie war so glücklich wie schon lange nicht mehr. Gemeinsam mit Logan im Fort zu arbeiten bereitete ihr Freude und ihre Gefühle zueinander entwickelten sich immer weiter. Alex und Phil waren inzwischen auch zu ihren besten Freunden geworden. Ihre Vergangenheit war hin und wieder Thema gewesen, aber das machte Maddie nichts mehr aus. Sie freute sich über die Anteilnahme der Jungs und konnte immer mehr mit ihren traumatischen Erlebnissen von früher abschließen.

Ende.